contents

ループ8周目は幸せな人生を

~7周分の経験値と第三王女の『鑑定』で覚醒した俺は、相棒のベヒーモスとともに無双する~

2

著：すかいふぁーむ

イラスト：teffish

PB PASH!ブックス

主婦と生活社

プロローグ ⚜ 思いがけぬ報酬 ⚜

アルカス家とギッテル家の内戦からしばらく経《た》った。

戦場での活躍をねぎらうという名目で色々とギッテル伯爵が準備をしている間、俺はなぜか王城にいる。

いやシエルの家といえばそうなので、そこについてきた形なんだが……。

「ときにレミルよ。お主は家督を継がぬのであろう？」

「はい。我が家は継承権のない騎士爵でしたので」

「ほっほ。ちょうどよいな」

「丁度いい……？」

話しているのはこの国の王、アルケリス＝ヴィ＝エルトン陛下。

なぜかこうして、国王陛下と食卓を囲むことも珍しくないという状況になってしまっていた。

「アルカス家の領地が浮いてるのよね」

すぐ近くで食事をともにしていたシエルがそうつぶやく。

いやサラッと言ったけど……。

「待った。嫌な予感しかしないんだけど……」

「もう断れないわよ」

シエルが流し目で国王陛下のほうへ目線を向ける。

すでにウキウキ顔で従者に耳打ちをしているところだった。

「ギッテル伯も内戦の報酬をどうしたものかと頭を悩ませておったのでな。ちょうどよかろう」

全然ちょうどよくないと思う……。

なんというか、数日こうして話していると、シエルの好奇心旺盛で自由な性格は、かなりこの国王陛下の影響を受けているんだろうなということはわかってきていた。

「諦めなさい」

「いや、そんなサラッといける話じゃないと思うんだけど……」

そう思っていたんだが……。

⚜

「では、旧アルカス領地の統治は……レミルよ、お主に託すぞ」

「……ありがたき幸せ」

どうしてこうなった！


あれよあれよと準備を進められ、断れないままにこうして正式に玉座の間に呼ばれるに至っていた。

周囲の大臣たちの目が突き刺さるようだった。いや実際にはちゃんとした話し合いを経てこうなったらしいんだけど、慣れない空間といたたまれない空気が俺にそう錯覚させる。

流石《さすが》に爵位をもらうのは断ったんだが、領地を得れば事実上同じことだ。しかもアルカス領をほぼまるまるとなれば、その影響力は伯爵クラスになる。

荷が重い……。

「まあいいじゃない。あんたの作った大所帯の従魔たちだってそろそろ定住場所が必要って話もしてたんだし、諦めなさい」

「それはそうなんだけど……」

キャトラが集めた四天王を中心とする俺の従魔たちはもはや数え切れないほどの大所帯になっている。

筆頭にベヒーモスのキャトラ。今は子猫の姿でくつろいでいるが、人型になることもできる従魔のなかでも別格の相棒だ。

そしてそのキャトラが集めた四天王たち。

ドラゴンの中でも強力かつ珍しい神獣、ククルカンの幼体、ククル。

この子も基本的に俺のそばを離れないので、今は隣で眠っている。

あとは別行動の三体。

キングトロールから神獣クラスであるオーベロンへ進化したトロン。今や見た目はエルフもかくやというほど美しい青年であり、ゴブリンやオークといった妖精種を束ねてもらっている。

続いてエンペラースライムのエリス。不定形の性質を生かし、配下とともに変装の達人として行動している。

最後にライカンスロープのライ。狼《おおかみ》系最上級種であるグランドウルフがベースとなっているため、通常のライカンスロープよりも強い。

四天王たちはみな神獣クラスであり、配下は計一万に上ろうかというところまできている。

今は各地でそれぞれ活動をしてもらっているが、まあ確かに、領地でかくまえるならそれはそれでいいかもしれないが……。

「俺が領主になる必要はなくないか……？」

シエルは王女なんだし、他にやりようもあったんじゃないかと思ったが……。

「諦めなさい」

楽しげに笑うシエルにも、国王陛下にも、もはや何を言っても無駄なようだった。

領主として

「さて、今後の方針を決めましょうか」

「落ち着かない……」

「慣れなさい。あんたが落として手に入れた屋敷よ」

「そんなつもりはなかったんだけどなぁ……」

俺たちは今、旧アルカス屋敷に入っていた。

領地没収に伴って財産もほとんど残す形になっていたアルカス屋敷。当然国が没収し、ギッテル伯爵が戦争の補填に使うという名目で分配されるんだが、その段取りが終わるまでは消耗品でなければ自由に使って良いと言われている。

見たこともないほど高価そうな調度品、食器、家具が全てそのままの屋敷にいるのだ。

かえって肩身が狭い。

「はぁ……というより、お父様のことだから、ここにあるものもあんたに渡す気でいるわよ？」

「は？」

シエルが気軽にトントン叩《たた》くその机ですら俺の過去の稼ぎを全部足して足りるかどうかだというのに……。

「あんたが今持っている力とその価値を思えば、王家からすれば安いものなのよ、この程度」

「それは……」

「もう少し自覚しなさい。仮にあんたが自由になって国外で活動しますなんてなったら、うちは常に一万の魔物たちの大軍勢とことを構える準備をしないといけないのよ。しかもあんたは一箇所でとどまる気がないから、ふらふらして国防側も軍の待機場所を常に移動させないといけないし……」

あー……一万の軍勢がある程度自由に動き回るのは確かに、敵に回せば厄介なことこの上ないな。

「ま、敵対する気がないのがわかってるからこうして私がついて強くしてるんだけど……お父様からすれば手綱を握るために金で解決するならいくらでも払うでしょうね。そもそも宝物庫から自由に武具を持っていった時点でこの屋敷の価値なんて大したことないわよ」

なるほど。

自分の置かれた状況をようやく理解してきた……ような気はするがやはり実感は伴わない。

そんな俺をよそにシエルは話題を切り替えた。

「で、あんたここからどうしてたのよ」

「ここから……ああ、ループ前の話か」

どうしてた……か。

「んー……」

記憶を手繰り寄せる。

七回目までの俺は……いやパーティーで動いていたから俺たちは、ギッテル伯爵側について内戦で活躍した。

その実績を糧に、一年の間にメキメキ実力をつけていって、Sランクパーティーになる。

ただこれ、言って信じてもらえるか……？

「一応、一年でSランクパーティーになったんだけど……」

俺があっさりコロシアムで完封した元パーティーメンバーたちを思えば、シエルからすると信じられないかと思ったんだが。

「ああ、なるでしょうね。あれは」

「見抜いてたのか」

「私を誰だと思ってるのよ。この眼《め》で国宝とまで呼ばれたのにその程度見逃すはずないでしょ」

シエルの左眼が青緑に光っていた。

「いや、それはそうなんだけど……」

Sランクってそれこそ今出てきた言葉を使えば国宝級の逸材だ。それをみすみす手放しているということになるんだけど……。

そんな目でシエルを見つめると、呆《あき》れた様子でため息を吐《つ》いてこう言った。

「あのねぇ……私の眼はその人間の性根くらいは見抜けるって言ったでしょ」

「そう言ってたな」

それが理由でマーガスたちは選ばれなかったわけだけど……。

「あんたは山脈にいる凶暴なドラゴンが強いからといって、勇者扱いして招き入れるかしら？」

「ドラゴン？」

「イメージがつかなければゴブリンでもいいわ。ゴブリンキングとか、グールとかでもいいわね」

「一体何を……」

言いかけたところで俺も気づく。

「あ……」

「わかったかしら？」

魔物同様、コントロールできない相手はいらない、か。

まぁ言われてみればそりゃそうだな。

というか……。

「あいつらは魔物か」

「似たようなものでしょ。今回も暴れた魔物を制圧して領地を得たようなものよ」

「おいおい……」

散々な言われようだがまぁ、仕方ない部分もあるかもしれない……。実際今回のアルカス家の動きは割とひどいものがあったからな……。

まあ結局法務卿《きょう》にまで喧嘩《けんか》を売る形になっていたこともあり、こうして領地ごと没収されるという最悪の展開までいったあたり、アルカス元伯爵の考えの浅さが露呈している。

マーガスは巻き込まれたとも言えるんだが、本人が挑んできたコロシアムの一件もこの取り決めに大きな影響を与えたことを考えるとやはり自業自得だった。

「もう終わった男のことはどうでもいいわ。未来の話をしましょう」

バッサリと切り捨てるシエルに苦笑いしながら俺も合わせようとしたんだが……。

「どうしても未来の話にあいつは出てくるからな……」

「まあ、それは仕方ないわね」

「本来はこの戦争でギッテル伯爵側について大活躍していたからな。アルカス領は王家預かりになったけど、事実上マーガスが継ぐことが決まったんだよ」

「へえ。面白い未来ね」

戦争が終わってひたすら持ち上げられるようになったマーガス率いる俺たちパーティーは、各地で割の良い仕事をいくつも回してもらいながら、過去例を見ないほどの速度でSランクパーティーに上り詰める。

一年も経てば実力も追いついてきて、アマンは国内最強の女騎士とまで言われ、ルイも賢者と呼ばれる大魔法使いに名を連ねるに至っていた。

そしてその頃にはマーガスはすっかり勇者。

俺は殺されるまで呑気《のんき》にパーティーのみんなの活躍を見守っていたわけだ……。

「つまり、あんたこの先の話に関しては役に立たないのね」

「うっ……」

シエルはほんとに言葉を選ばないな……。

まあその通りだから何も言えないし、シエルも笑ってるから気にならないんだけど。

「今回の戦争で未来が変わりすぎている。俺がわかるのはもう、これから二年半後に化け物が現れるってことくらいだ」

「その化け物、あそこで出会った神より強かったの？」

「それは……」

思い返す。

教会で神と名乗る少女と出会ったときに感じたあのプレッシャーを。

それにアルカス家との内戦の最後に現れた謎の人物も、神よりも大きなオーラを放っていたように感じるが……。

「神のほうが遥《はる》かに上だろうな」

「でしょうね」

あの化け物も確かに俺からすれば手に負えない存在ではあったが、神は手に負える負えないの範疇《はんちゅう》を超えていた。

教会で出会った神は敵か味方かわからないという話だったが、内戦に現れたそれは完全に敵対していた。いやまぁ、殺されなかったことを考えれば完全な敵かどうかはまだわからないか……。

ともあれあの二つの例を考えると、化け物のことがどこかちっぽけに思えてくることは確かだった。

「当面の目標は教会にいた神よ。三年目の化け物はこの際、脇においていいと思うのよね」

「あれを脇に、か……」

俺はループを抜け出すにはあの化け物を倒す必要があるとばかり考えてきただけに、少し戸惑う。

「そもそもその化け物、ループするたびに姿かたちが変わっていたんでしょう？」

「そうだな」

最初のうちはわかりやすくドラゴンとかだったのに、最後に見た化け物はもうこの世のあらゆるものを詰め込んだ合成獣《キメラ》だった。

「ループに密接に絡んでるんだから、神が絡んでいると考えたほうが自然よね」

「それはまぁ……」

「だとしたらあんた、今回はあの化け物程度じゃ済まないんだし、丁度いいから半年くらい領主やってればいいじゃない」

「え？」

話の前後がつながらない。

「鈍いわね……あんたの配下の子たち、見た目を変えたり服装を整えれば十分領民とのやり取りもこなせるでしょう？」

「あー……それはまぁ……」

ただそれが何につながるかいまいちピンとこない。

「魔物たちにとっては慣れない人間相手の生活。こういう普段経験できない行動は、大きく経験値を稼ぐチャンスなのよ」

「そうなんだな」

「あんたの死が大きな経験値になったのと同じね」

「それが同じってのはどうなんだ……」

とはいえ……。

「傘下に入ってくれてる魔物たちに仕事を与えて動いてもらえば確かに、俺は能力吸収で強くなるってことか」

「その通りよ」

ニコッと笑って立ち上がるシエル。

「敵のやることはだいたいわかってもきてる。キーエス辺境伯家にはもう、クロエだけじゃなく王家からも探りを入れているわ」

「もうそこまで動いてるのか」

「当然」

あの戦争、見かけだけとはいえ七周目に現れた化け物を象《かたど》ったキメラを作り出した男を思い出す。

あのバックにキーエス家の存在があることはわかっていたが……。

「西の辺境伯、キーエス。軍事力は国内最強。強力な魔物たちが多く出る森に囲まれた立地から、屈強な戦士が育ちやすいの」

「国内最強……」

「そして、問題はあの白衣の集団。キーエス家の研究機関ね」

聞けば直接キーエス辺境伯が管理しているわけではないが、実質的に辺境伯家の研究機関となっているらしい。

ここ一年で急激に力をつけ、辺境伯家にとってなくてはならないほどの大きな組織に成長したという……。

「それ……」

少し考えれば嫌でも予想はつく。

「ええ、あの研究機関を作り上げたのはおそらく……神ね」

何のためなのかはわからない。

もしかしたら過去のループで俺を殺しに来た化け物は、あそこで作られていたのかもしれない。

「ま、つまりあんたは化け物退治じゃなく、神退治をしないといけないってわけ」

「そんな簡単に……」

「流石に簡単とは言わないけれど、でもこれに比べれば領主やるくらいなんてことないんじゃない？」

「そう言われると……」

「それにあんたが言ったのよ？」

シエルがこちらを振り返って笑う。

「神をテイムするって」

頭を抱える。

どうしてそんなことを言ったのかと思うが、確かに自分で言ったわけだ。

それで全てが解決するような気さえ、あのときはしていた。

「まぁなんか、領主やるくらいならって思えてきたのは確かだな……」

言いくるめられてる感が拭いきれないが、シエルの言わんとすることはわかる。

まあそれで強くなるというのだから、やらない手はないか……。

「領主生活、といってもあんたは全体の方針を決めるだけ。仕事は配下に覚えさせて、領地の発展のために何をするかを見ていればいいんじゃないかしら」

「そう簡単に言うけどなぁ……」

　領地の発展なんて過去七周の人生で考えたこともなかったんだからそれが難しいんだが……。

「簡単よ」

　シエルは笑う。

「まず現状だけど、この地は元々いたバカな伯爵のせいで本来豊かなはずの土地なのに領民はその恩恵を受けられていなかった。この件はギッテル伯爵との内戦の影響で流石に噂《うわさ》が広まってるわ」

「鉱脈資源を賄賂にしてたって話だったもんな……」

　マーガスたちの父、アルカス元伯爵の悪行として俺の耳にまで届いていた。

「あんたが領民なら、どう思うかしら？　そしてどうするかしら？」

「俺が領民なら……か」

　冒険者や行商人と違って、領民にとって街の外は異世界。基本的には出たがらないと思うが、今回の件で噂を耳にすれば……。

「ギッテル伯爵の領地のほうがいい暮らしができるかもとか、考えるな」

「その通り。領民のいない領地はどうなる？」

「そりゃ……やがて潰れるだろうな……」

そこまでくれればやることは見えてくるか……。

「領民を逃さないためには、税の軽減とかか？」

「そうね。そもそも鉱脈資源の収益だけでも十分豊かに暮らせるのだから、そこは抑えていいわね」

「あとは……土地に居着いてくれている領民より、動き回る商人や冒険者たちをなんとかしたほうがいいか」

「ええ」

シエルは俺を試すように笑ってこちらを見ている。

冒険者は割のいい仕事に集まる。鉱脈関連の仕事はこれまで、アルカス元伯爵の息のかかった業者以外手が出せなかったようだが、今回の改易を受けてその仕組みも解体されたわけだ。

「冒険者ギルドに鉱脈関連の仕事を出すか」

「いいと思うわ」

そうなるとそこに集まった人のために商人たちが動く。

その動きを最初だけでも活性化させるとしたら……。

「商人から取る関税もしばらくなしにしようか。商品は絞りたいけど……」

「へぇ、大胆だけどいいんじゃないかしら。商品はどう絞るの？」

鉱脈関連で集まる冒険者向けの商売は、集まる人の数自体が商人にとってのメリットになる。だからこっちの税は普通に取るとして……。

「主に農業関連の道具と、領民の生活必需品、あとは各地の特産品あたりは、税を取らないでもいいかもな」

「なるほど」

シエルの表情を見ると正解に近いところを引けたようだった。

「いいじゃない、じゃあ早速それを実行に移しましょう。クロエ！」

「ここに」

いつの間に現れたかわからないが、シエルが呼んだ次の瞬間には老執事、クロエさんがそこにいた。

「それからキャトラ、あんたも起きなさい。仕事よ」

ずっと俺の膝でゴロゴロしていたキャトラに呼びかける。

渋々といった様子で膝から降り、一度伸びをして人の形になった。

「なんにゃ！」

「配下を呼ぶのはあんたの仕事でしょう？　今の仕事が出来そうなのを見繕うわよ」

俺の配下となった四天王たちとその傘下だが、俺が全員見るのは不可能なので管理はキャトラに任せているわけだ。

例外は部屋で楽しそうに飛んでいる小竜、ククルだ。

この子は四天王のポジションにいながら、現状はほぼ俺のペット枠になっている。いやまぁ、戦えば小竜とはいえ並の冒険者じゃパーティー組んでも太刀打ちできないほど強いんだけどな……。

「エリスたちならメイドとかになると思うにゃ！」

「まあ屋敷の手入れは必要だからそれも助かるけど……」

使用人と言っても普通に執務を任せることになるからな……。まぁメイドやりながらでもいいんだけど。

と、横にいたクロエさんが口を挟む。

「僭越《せんえつ》ながら、レミル様の配下にはゴブリンたちも多数いらっしゃったかと存じ上げます」

「そうだな」

「彼らは実は非常に学習能力が高いのです。お任せいただけましたら指揮官候補から領主代理まで、私が育てることが出来るかと」

「おお……」

すごいな。

ゴブリンにそんな能力があるとは思えないしこれはクロエさんがすごいんだと思うけど……。

「ライたちは主に軍を形成してもらったらいいわね」

「なるほどな……キャトラ、とりあえず全員招集だな」

「わかったにゃ！」

エリス、トロン、ライ。そしてそれぞれの配下を一堂に集める。以前から数がかなり増えているのは把握しているだけに、どんな様子になるか俺も楽しみだった。

大軍勢

次の日、キャトラの招集を受けて、アルカス領地の訓練用に作られた広大な平地に大量の魔物たちが集結していた。

当然騒ぎになるのでここに来るまではまとまった行動はさせていないんだけど……。

「いつも思うんだけど、普段どうしてたんだこれ……」

「みんなたくましく生きてるにゃっ！」

つまりほぼ野生と同じってことか……。

なんか申し訳なくなるな。

「ちょうどいい、館の裏の山に生活拠点を置いてもらうか」

「そうね。どんどん開拓すればいいじゃない」

旧アルカス領地は西にギッテル伯爵領、東に王都という立地だが、隣街であるその二拠点との間には山を一つ二つ隔てる状況にある。

北に関しては国境がある山岳地帯まで広大な森が広がっているので、シエルの言う通り開拓していく余地は十分にあった。

「北に魔物の開拓地を作っていくのはありだな」

「いよいよ魔王ね、あんた」

「おいおい……」

まあでも山脈を背に森を配下の魔物たちで埋め尽くすというのは確かに、それっぽいといえばそれっぽいな……。

そんな話をしている間にも続々魔物たちは増えていったんだが……。

「ご主人様～」

「うおっ⁉」

首筋に心地よい程度のひんやりした何かを押し当てられる。

これは……。

「エリスか？」

「はい～」

スルスルとスライムが人の形を作っていき、水色の美女が出来上がる。

そしてそのまま水色だった美女が色を取り込むような動きを見せ……。

「いかがでしょうか～」

間延びした声で微笑《ほほえ》みかけてくる絶世の美女が出来上がっていた。

相変わらず服は着ていない。

「とりあえずこれ羽織ってくれ……」

俺の上着を渡そうとしたが……。

「クロエから預かってるわよ。着なさい」

「あら～」

渡された服を一度身体《からだ》の中に取り込み、次の瞬間にはメイド服を着た美女が現れた。

というか……。

「エリス、前回は喋《しゃべ》れなかったよな？」

「ふふ～。練習、しました～」

「おお……」

どんどん成長していくな。

そしてエリスの周囲には同じく不定形のスライムや触手たち、更にはドライアドなど精霊種が集まっている。

「これって……」

「増やしといたにゃっ！」

キャトラが自慢げに胸を張っていた。

「すごいな……精霊まで……」

こうして並ぶとエリスの美女感はエルフのようにすら思える。

そしてうしろに控えていたスライムたちも、どうやら力をつけたようで……。

「待ちなさい。変身する前に服渡すから、着てから出てきなさい」

もぞもぞとエリスが人の形になるときと同じような動きを始めたのを見てシエルがマジックボックスを展開した。

無事スライムたちに行き渡り、続々人型に変身していった。

「おお……」

「なんか、クオリティがまちまちね」

「これから上手になるにゃ……多分」

変身できるスライムたちは多分五十体程度。メイドの大部隊が出来上がってたんだが、その変身のクオリティについてはシエルの言う通りかなりまちまちだった。

「顔溶けてる子もいるな……」

「あっちは足だけスライムのままね」

なかなか個性的な面々が揃《そろ》ったようだった。

「まぁでもこれでメイドが五十と、スライムだけで数千はいるみたいだな」

「ふふ～」

このスライムたちがみんなこうして人の形を取れるようになると考えると、領地の開拓は急務だった。

だがまぁ、スライムたちはその辺、得意分野にもなりうるな。

「エリス、変身できるスライムたちのメイド教育はこっちで誰か手配するけど、それ以外は北の森を開拓するために動いてもらおうと思ってる」

「北の森、ですかぁ？」

「ああ、この館の裏の森だ。で、スライムには……」

「ふふ～。整地、ですね～？」

「ああ」

スライムたちの能力は【吸収】だ。普段は雑草から薬草類まで好きに食べ漁《あさ》ったり、中には生ゴミなんかを好むやつもいるくらいの雑食。

エリス配下の強力なスライムたちなら、森の木々を含めて呑み込んでいくことも出来るわけだ。

「お任せくださいい～」

「ありがと」

エリスはサッと変身を解き、スライムたちのもとへヌルヌルと動いていった。

「さて、クロエさんに任せきりだったけどトロンたちのとこに行くか」

「もうすでに統率されているわね」

「流石クロエさん……」

トロン以下、ゴブリンやオーク、トロールたちが、なぜか執事服を着て整列していた。

俺が近づくと一糸乱れぬ動きで頭を下げてくる。

「すごい……」

「レミル様の【テイム】のおかげでしょう。素晴らしい吸収力でございます」

「いや、これもうクロエさんのスキルじゃないのか……」

この分だと本当にこの領地の主要なポストにはゴブリンたちが就いていくことになるだろう。

「にしても、数がすごい……いったいどれだけいるんだ」

「一万と五千二百四十六体でございます」

「トロン……よく数えてるな……」

「集落ごと傘下に加えたゴブリンたちが多いため戦闘能力があるものばかりではありませんが
……」

「十分すぎる。でもこの数だと住む場所とか大変だろう？」

「お心遣い痛み入ります。今は各自、元の集落を拠点としつつ、こうして招集時のみ主だった者を集めるようにしております」

「主だったもの……そうか、巣に残ってるのも結構いるんだな」

「三万八千六百五十二体おります。妖精種は繁殖行動が盛んなので日々増え続けておりますが」

「それを全部把握してるのもすごいな……」

サラッと出てきたがとんでもない数字だ。

「エリスにも伝えたけど、今後はこの北の森を拠点にしてくれ。開拓は任せる」

「なんと……必ずや期待に応えましょう」

トロンは芝居がかった仕草が多いが美形だからそれはそれで様になるな……。

妖精種はこれでクロエさんのもとで鍛えられる精鋭と、開拓組に分かれて行動ということになる。

「あとはライだけど……」

あちらはクロエさんがおらずともライが魔獣や獣人たちを統率している様子だった。

「ご無沙汰しております」

「いや……こちらこそ……やっぱりライのところも傘下が増えてるんだな」

「はっ」

ライを筆頭に全員見た目が強そうだ……。いや実際強いことはわかる。

ライの元の姿であるグランドウルフとまではいかずとも、名だたる魔物たちがひしめき合っている。

これが統率されていない状況なら街の一つや二つは簡単に滅ぼせるだろう面々だ。

「ライもだけど、獣人なら指揮も執れそうだな」

「そうね。簡単に視《み》たけど、素質があるのは多いわね」

「そうか、シエルの眼があればこの傘下の面々のポテンシャルがわかるのか」

「全員は無理よ？　私の魔力が尽きるわ」

「流石に全員やれとは言わない……そうだな……」

エリス、トロン、ライとそれぞれの傘下を改めて振り返る。

エリスのところのメンバーは変身できるものはメイドになっているが、一部はそのスキルを生かして諜報員《ちょうほういん》とするのもいい気がしている。そしてこれはライのところにいるメンバーで、動きが速い者にも該当する。

トロンのところのメンバーで言えば、例えばマジックゴブリンたちはライのところに部隊として配置することも可能だ。

　とはいえ平時は逆に、ライたち軍としての組織が開拓組として行動することにもなるだろう。

　現時点ではそれぞれ四天王が下を見る必要があるから分かれていたが、拠点をここに統一し、指揮をできるものを増やしていけば、もう少し組織図は強固になっていきそうだ。

「指導できるのがクロエさんだけだと手が足りないな……」

「募集したらどうかしら」

「募集か……ただなぁ……」

　魔物に隠密《おんみつ》行動を教えてくれる人募集！　なんて言ってもたちの悪い冗談にしか思われないだろう。

　とはいえ欲しいポジションは固まったし、ダメ元で出しておくのはありだな。

「ご主人さま！　私もお手伝いできるにゃ！」

「キャトラか……確かにキャトラも指揮官側か」

「何人か出来そうなのがいるにゃ！　それをご主人さまが直接テイムで強化すれば……」

「それは助かるな」

「そうね。見繕ってきたメンバーだけなら私が全員視ることもできるし」

　キャトラが選んで、シエルが視て、俺が強化する、か。

　良い連携だろう。

「指導役のポテンシャルがあるかどうかを視て、早いうちに組織の系統を固めましょう」

「そうだな」

傘下の中からはこれでいい。

外からの募集の準備も進めていくとしよう。

クエストへ

「ギルドで目立てば人も捕まえやすい、かぁ……」

あのあとシエルと話した結果、外の募集については冒険者ギルドを使うという話になっていた。

そこまではいいんだが、冒険者ギルドで募集するなら、新領主として周囲にアピールしてこいという名目でこうして送り出されたわけだ。

キャトラは傘下の有力候補を選出するのに忙しいから今回はククルと俺だけ。

ドラゴンとはいえ小さいククルだけの俺に対する冒険者たちの視線は冷ややかなものだった。

「あれが新領主様ってわけか」

「この前の戦争で活躍したらしいけど、強そうには見えねえな……」

「シエル王女のおかげで偉そうにしてるだけじゃねえのか？」

反論の余地はないなとククルを撫《な》でながら苦笑いする。

「さて……館に残って修行中のキャトラたちに笑われないように、こっちも頑張るか」

「くきゅー！」

俺の肩に乗って可愛《かわい》らしい返事をしてくれたククルを撫で、ギルドのカウンターに向かった。

掲示板に張られている依頼書を一枚もらってから。

「ようこそ！　早速ご用件を……それは……！」

俺が持ってきた依頼書を見て受付に座っていた係の人間が目を見開く。

「し、失礼ながらこちらは上位冒険者しか……」

「レミルだ。Bランクの認定はもらってるから大丈夫だと思うけど」

「失礼いたしました！　で、でも……」

受付嬢が言い淀む理由はよくわかる。

この依頼書はおそらく、何年もここに張られっぱなしの半ば飾りになっていたもの。

内容：猿王エテレシアの討伐
場所：南の山脈地帯
推奨ランク：S

猿王エテレシア。

魔獣たちの中にはこうして、個体に名を与えられたものたちがいる。

種族の枠に収まりきらないほど強大な力を持った個体だ。釣り人たちが言う川のヌシ、みたいな扱いだが、その中でも王の名を関したこの魔獣は、これまでに三つのパーティーを壊滅させている。

それぞれBランク中位、Bランク上位、そしてAランクパーティーが……である。

「なっ⁉　おいおい猿王のクエストを受けたぞあいつ！」

「バカなのか……それとも……」

「いや、バカなんだろ。新しい領主もすぐ替わるってことだな」

まあ今はどういう形であれこうして注目を集められただけで成功だな。

「失礼ながらパーティーは……」

「ああ、シエルは別件だから、今回は俺とこいつだけで行く」

「きゅー！」

誇らしげに鳴くククル。

戸惑ったまま何を言えばいいかわからなくなる受付嬢。

「えぇっと……わかりました。お受けいただけるならこれまでの猿王エテレシアに関する情報をお伝えいたします」

そう言って資料を探しにいく受付嬢。

ほどなくして一冊の分厚いアルバムを持ってこちらにやってきた。

「この城下町から南方の山脈地帯にエテレシアは縄張りを持っています。縄張り内のものは全て餌と認識しているため、ここで狩りを行うと横取りしたとみなされエテレシアがやってきます」

地図を広げながらこの辺りが縄張りになっている、と教えてくれる。

通常はエテレシアの縄張りは禁猟区域となる。狩猟でも討伐でも、この中で魔物を倒せば危険度Sランクの魔物がやってくるのだから当然だろう。

エテレシアは縄張りを一定周期で移動しており、各地域で狩猟が出来なくなる点、縄張りの移動調査にかかる費用、その他不慮の事故などが原因で、こうして常に討伐対象としてギルドに張り出されているわけだ。

捜さないでも来てくれるのは、倒そうと考えている俺にとっては楽でいい。

「ギルドのおすすめとしてはこの縄張りのギリギリのところで戦い、形勢が不利になれば即縄張り外に出てしまうことです。幸い猿王は餌への執着心は強いのですが、外敵へはそこまではありませんから」

「なるほど。逃げられる位置で戦う、か」

安全策としては適当だろう。

そりゃ俺だって危険度Sランクを相手にするのは怖い。

なのにこうして自分から自信満々にクエストを受けに来た理由は例のごとく、シエルの指示だ。

ここで自信なさそうにしているとギルド職員に止められてしまうし、ギルド内で目立つという目的も果たせなくなるからな……。

「ありがとう。討伐証明は……いいか。倒したらまるごと持ってくる」

「か、かしこまりました……」

猿王は身体が大きいわけではないからな。せいぜい大柄な人間一人分程度。他の魔獣たちと比べればかなり小さいと言える。

だがその小さきで危険度Sランクなわけだ。純粋な戦闘能力が高いことを示している。

気を引き締めていこう。


「きゅっ、きゅっ」

「ご機嫌だな、ククル」

「くきゅー！」

楽しそうに俺の周りを飛んだり、俺にすり寄ってきたりするククルと一緒に森の中を進む。

「お前がもうちょっと大きくなったら移動が楽なんだけどなー」

マジックボックスには竜の鞍《くら》が入っているが、まだ肩乗りサイズのククルに取り付けるには早すぎる。

ただいつかはそうなるといいなと思いながら、今は地上の移動を二人で楽しんでいた。

「さて……」

「きゅー？」

「いや、今回の相手、猿王エテレシア……これまで十人以上冒険者を殺したから、テイムして従えるわけにはいかないんだけど……」

とはいえ何の恨みもない相手を討伐するというのに若干抵抗が生まれているのも事実だった。

キャトラと出会ってすぐ入ったあの遺跡では、当たり前のように倒したゴブリンたち。

それが今や、俺の傘下の大部分を占め、訓練次第では執事や使用人、指揮官から領主代理にまでなりうるというのだ。

これを知ったあとだと、どうしても魔物をこれまでのように単純に敵とみなすのは、難しくなっていた。

「ま、言っても仕方ないんだけどな」

「きゅー」

慰めるようにククルが近づいてきた瞬間だった。

「――っ!?」

「きゅっ!?」

「ククル！」

見えたのは黒い影。

あまりに素早すぎて、何が起きたか一瞬理解が遅れる。

ようやく止まったそれは、俺の横にいたはずのククルを鷲掴《わしづか》みにして、嫌がるククルに舌を這《は》わせていた。

「こいつ……」

猿王エテレシア。

その不気味な黒い猿は、こちらをあざ笑うようにククルを舐《な》め回す。

「きゅー……」

「ククルを放せ！」

マジックボックスから偃月刀《えんげつとう》を取り出し猿王に振り下ろす。

だが猿王は身軽な身のこなしでひらりと避《よ》けると、木に登ってこちらに向けて高笑いし始めた。

「キーッキッキッ」

「こいつ……」

どうやらこいつは遠慮しないでいい相手のようだ。

「ククル、戻ってこい！」

「きゅー！」

【武装解除】の応用で猿王からククルを取り上げ俺の後ろに隠す。

獲物への執着心が強いと言ってたくらいだ、猿王は当然怒る。

「キィィィイイアアアアアアアアア」

全身の毛が逆立ち、周囲の空気を震わせるほどのオーラを纏《まと》って、怒りを表すように咆哮《ほうこう》をあげた。

「来い」

次の瞬間、空気が揺らいだと思うほどの速度で猿王が俺に迫ってくる。

だがスタート地点が見えていれば偃月刀は構えておくだけで敵の攻撃を凌《しの》げる。

動きが止まれば……。

「【スロウ】」

「ギィアッ!?」

一瞬驚いた表情を見せた猿王だが、かかった魔法が大したことがないとわかるとニヤッと笑ってこちらを挑発してくる。

そこに俺は……。

「【スロウ】」

「ギッ!?」

「【スロウ】」

「!?」

「【スロウ】」

「【スロウ】」

「【スロウ】」

「【スロウ】」

「――ッ!?」

【多重詠唱】。

同じ魔法を何度も重ねられるスキル。シエルに言われるがままに練習した結果、俺は下級魔法なら十回は重ねがけが出来るようになっている。

　これはただの【ファイア】が上級魔法【ギガフレイル】に化けるくらいの話。

　ただの【スロウ】でも、七回も食らって上級魔法並みの威力を発揮すれば、猿王も一瞬戸惑って身動きが出来なくなるわけだ。

「さて……」

　俺と目が合った途端、猿王の顔から余裕が消え失《う》せる。

　だが遅い。

「【ギガフレイル】【ギガフレイル】【ギガフレイル】」

「キッ!?」

　手元で三度、上級魔法を【多重詠唱】する。

　手から浮き上がる炎は圧縮され、まばゆい光を放ち、その威力を物語る。

　上級魔法の三乗……。これがどの程度の威力かは……。

「身を以《もっ》て体験してくれ」

「キッ……ギィィイアァァアアアアアアアアアアア」

　断末魔の叫びをあげる猿王。

　次の瞬間にはもう、骨だけになっていた。だがまぁ今の威力でも骨は残るあたりが、流石は危険度Sランクの魔物といったところか。

「大丈夫か？」

「くきゅー……」

猿王に獲物扱いされたククルが俺にすり寄ってくる。

だがこれは甘えじゃなく……悔しさや不甲斐《ふがい》なさが原因なんだろう。

何度も何度も俺に頭をこすりつけながら、しばらく鳴き続けている。

そして……。

「あれ？」

「きゅー？」

ククルの身体が光を放ったかと思うと……。

「おお……」

「きゅー！」

小型の馬と同程度のサイズに、一気に成長を遂げていた。

シエルの言葉を思い出す。通常経験しない行動は大きく経験値を溜《た》め込む……か。

猿王が餌と定めて舐め回すという行為は確かに、捕食者の頂点に立つはずのドラゴンでは通常経験することがないことだったかもしれない。

「光ったときはキャトラみたいになるかと思った……」

「きゅー！」

まるでそうなりたかったと言うように甘えてくるんだが、いかんせんサイズが大きくなっていて俺が押される。

でもこれなら……。

マジックボックスから鞍を取り出すと、ククルはごきげんな表情で器用に自分にくくりつけていった。

「乗せてくれるか？」

「くきゅー！」

もちろんと言わんばかりに高らかに鳴いたククル。

その背に飛び乗り、俺は初めての空の旅へと飛び立っていった。


「え……倒した……んですか？」

「ああ、骨しか残らなかったけど……」

「お、お待ちください！」

ギルドに戻って報告をすると受付嬢がわたわたと奥に引っ込んでいく。

その様子を見ていた周囲もざわついた。

「おい聞いたか⁉　あの猿王を討伐したって」

「いや、でも証拠品が……」

「なんでもドラゴンに乗って戻ってきたんだろ？　それなら猿王くらい……」

半信半疑って感じの反応だな。

と、そこに受付嬢が戻ってくる。

「す、すみません！　猿王エテレシアの討伐となると鑑定士を呼び出さねばならず……少々お時間をいただくのですが……」

なるほど。

だがそこにちょうどよく、ギルドの扉を開く人間が現れる。

「その必要はないわね」

「なっ⁉　シエル王女殿下だ⁉」

「こんなところになんで⁉」

「知らねえのか！　新領主はシエル王女のおかげで……」

「まぁでも、噂にしか聞いてなかったら実物を見て驚くのも無理はない。気持ちはわかる」

冒険者たちがざわめく。

現れたシエルはざわつく周囲など意に介さずまっすぐこちらに歩いてきた。

「私の鑑定じゃ不満かしら？」

「なっ……王女様……!?　もちろん問題ありません……！」

「大丈夫よ。私こいつには甘くしないから。別の猿の骨持ってきてたらすぐにもう一回森に追い出すわよ」

「おいおい……」

完全にシエルのペースになりながら、卓上に置かれた猿王の骨をシエルが見つめる。

しばらく見つめ続けたあと……。

「間違いないわね。猿王の討伐証明になるわ」

シエルの言葉を受けてギルド内にいた冒険者たちが沸き立つ。

「おお！　聞いたか!?」

「新領主様ってやるんじゃねえか!?」

一気に風向きが変わったな……。

だが一方で……。

「マッチポンプなんじゃねえのか？」

「まあ、強そうには見えねえからなぁ……」

あくまで認めない冒険者たちもいる。

ただこれのおかげで、いい意味でギルド内は俺の話題で持ちきりになってくれた。狙い通りだ。

シエルと目を合わせてうなずき合う。

「さて、こっちのレミルがこの領地の管理を任されたことは知ってると思うけれど」

あえて周囲に聞こえるようにシエルが受付嬢に話しかける。

「領地の立て直しのために、人を雇いたいのよね」

「人を……ですか？」

シエルの言葉を俺がつなぐ。

「鉱脈の作業、新たな領地の開拓、そして……領地運営のための指揮官、指導者を募りたい」

「ギルドへのクエスト依頼……という形でよろしいのでしょうか」

「ああ。外でも募集はするけど、俺のスキルは【テイム】が中心なんだ。魔物に抵抗がない冒険者たちが適任でな」

「なるほど……そういうことでしたらご協力いたします！」

さっそく申請書類の準備を進めてくれる受付嬢。

俺が詳細を伝えている間に、ギルドにいた冒険者たちをシエルに視てもらっていた。

「どうだ？」

「んー……あんたの使い魔たちを見たあとじゃ見劣りするのよね……」

「それはまぁ、仕方ないような……」

というよりそんなにほいほい神獣クラスの逸材が転がってたら怖い。

「ま、今回良くも悪くも目立ったし、これから噂も広まる。集まってきた中から選べばいいでしょ」

「それもそうか」

なんだかんだと周囲の注目を集めながら、俺たちはギルドをあとにした。

その後無事、猿王討伐の噂に乗っかるように領地の人員募集の件も広まってくれたようで、シエルが目を回すほどの数が集まってくることになる。

一応、ギルドに来た目的は果たせたようだった。

領地運営

「おお、すごいな」

　クエストを終えて領地に戻ると、屋敷の裏の森だった場所が、すでに魔物たちの集落になっていた。

　ちなみにシエルは城下町のギルドに置いてきている。仕官してきた人の対応は基本的にシエルが行う。サポートとしてエリス配下の変身できるスライムのうち、すでに書類仕事を覚えたものを何体か送り込んではいるが、最終判断はシエルが直接視る必要があるからな……。

　連日対応に追われている様子だったので俺だけ先に戻ってきたのだ。

　ククルのおかげで移動はすぐだった。

「もったいないお言葉です」

「これはトロンが指揮してくれたんだよな？」

「はい……ですがすでに私がいなくとも、みなそれぞれが役割を持ち開拓を進めております」

　トロンの言葉通り、現場の指揮は他のゴブリンやオーク、あるいはライ配下の獣人種が執っている。

パワーのある魔獣たちが木々をなぎ倒し、スライムたちが不要な草木を【吸収】していく。

出てきた資材は比較的器用なゴブリンなど妖精種が対応して、木造の小屋や、水路、畑なども準備しているようだ。

「ライは？」

「あちらに」

「ありがと」

トロンが指し示した方向にいたライは……。

「え？」

「主殿……」

「ボロボロだけどなんかあったのか？」

見るからに傷だらけになったライを心配したんだが……。

「問題ありません。少々訓練を……」

そう言いながらライの視線の先に目を向けると……。

「ゴブリン……？」

「ええ。クロエ殿に鍛えられた精鋭です。軍部での指導役として送り出されたようですが、本人たちも相当強く……」

待て待て。

ライはグランドウルフが強化されたライカンスロープなんだぞ？

グランドウルフは狼系最強の魔獣。その強さはAランク上位に該当する。

そしてライカンスロープ。これはそもそも幻獣として扱われる神獣種。それだけでSランク相当であることは間違いない。

ライの状況を考えると、おそらくSランクの中でも中位以上の実力を持つはずだ。

それが……。

「三人がかりとはいえゴブリンが傷つけるって……」

俺が目を向けるとすぐに姿勢を正して敬礼するゴブリンたち。

パッと見はゴブリンでしかない。だがうちに秘められたそのオーラが只者《ただもの》ではないことくらいは、俺も見抜けるようになっていた。

「ゴブリンキングになったのか？」

ゴブリンキングならAランク相当の魔物になる。それが三体がかりならまぁ、Sランク相手でも戦えるかと思ったんだが……。

「いえ……我々はまだ……」

ゴブリンの一体が答えようとしたところで、遮るように奥からキャトラが叫んできた。

「あっ！　ご主人さまにゃ！」

声が聞こえたかと思えばすぐそばまで寄ってきて頭を擦り付けてくる。

「おかえりにゃ！」

「ただいま」

「ちょうどよかったにゃ！　このゴブリンたち、ご主人さまに直接テイムして欲しいのにゃ！」

「何か狙いがあるのか？」

今の俺が直接テイムしているのはキャトラと四天王、あとは触手などの一部だけで、基本的にはキャトラや四天王がその下を束ねる形を取っている。

これは俺のテイマーとしてのキャパシティを心配しての処置だったが、キャトラたちの傘下にいるだけでも俺との間接的なテイムを結んだことになるため、お互い強化されるなどメリットはしっかり享受していた。

「そうにゃ！　直接テイムすれば、この子たちならもう存在進化できるにゃ！　それにご主人さまも、もうキャパシティに余裕ができてるはずにゃ！」

キャトラの言う通り、俺のキャパシティはおそらくかなり拡張されている。

理由は単純に、これだけの配下が集まり、シエルの言う慣れない仕事を行っていることで、かなりの経験値を稼いでいるからだろう。

魔物たちが集めた経験値は、俺にも一部反映される。数も数だ、すでに自分でも力がみなぎっているのは感じていたから、次にシエルの鑑定を受けるのが楽しみになっていたくらいだ。

そして直接テイムと間接テイムの最大の違いは、キャトラが言った存在進化だ。

「指揮官になっていくってことは、ゴブリンジェネラルとか、キングになるのか」

上位種族への進化は自然でも起こることはあるが、その確率は非常に稀《まれ》だ。

俺が直接テイムすると、その引き金を引けることが多い。

「ハイゴブリン止まりかもしれないにゃ！」

キャトラの声にゴブリンたちが少しがっかりした表情になる。

「でも、ご主人さまとつながってこれから鍛えれば、最上位種になれる可能性は十分にあるにゃ！」

おお、キャトラが落としてから上げるなんて話術を身につけるとは……。

それはさておき……。

「じゃあやるか、テイム」

「「「いいのですか!?」」」

「嫌じゃなければ、な」

「滅相もない」

「是非お願いいたします」

「我らは主様のテイムを受けるために鍛えてきたのです」

そうなのか……？

俺が疑問に感じたのを察したようで、ゴブリンの一体が続けてくれる。

「我々はクロエ師匠の特訓を受け生き残――いえ、勝ち上がったものです」

生き残りって言いかけたな？

怖いから突っ込まないで先を促した。

「修行の日々を送る中で何度も言われてきました、主様のテイムを受けるにはこの程度では足りないと」

「主様のテイムは非常に強力です。ですがそのお力を受けたとき、それに見合う実力がなければ意味がないと」

そんな話になっていたのか。

まあ確かに、前回触手だけはテイムしたが、あとはみんな最初から俺なんかより遥かに強い種族、個体だった。

「我々にとって主様のテイムこそ最大級の報酬、この日をどれだけ待ち望んだかわかりません」

数日しか経っていないはず、というツッコミは野暮だな。

それだけしんどい修行をクロエさんがやって、このゴブリンたちが耐えてくれていたということになる。

「そこまで言われれば……ただテイムはゴールじゃないからな」

「はっ！」

そもそもよく考えたらゴブリンが喋ってる段階ですでにハイゴブリン以上の上位種クラスにはなっているはずなんだ。

本人たちは気づかないうちに十分強くなっていたんだが……。

「【テイム】」

「おお……！」

「これが……！」

「力が溢《あふ》れる……！」

一斉にテイムした。途端、彼らの身体が光に包まれ、一回り、いや二回り以上大きくなっていく。

これは……。

「ゴブリンキング……だけじゃないな」

見たところゴブリンロード、キング、そしてジェネラルと、最上位種が勢揃いだった。

「すごいにゃ！　これで仕事が進むにゃ！　ほら行くにゃ！」

「わっ……主様にお礼を……」

「キャトラさん……力がすごい……」

「俺たち進化したはずなのに……」

三人まとめて奥で作業している現場にゴブリンたちを引きずっていくキャトラ。たくましくなった……というかやっぱり強いんだな……。

そりゃまぁ俺の【能力吸収】と同じようなスキルを持っていると言っていたし、これだけ傘下が増えればキャトラの力も増しているんだろう。

本気で戦闘になればもう、Sランク中位は固いか……。

「おこぼれで強くなってるような状態だし、俺も頑張らないとだな……」

「主殿もキャトラ殿も、私からすれば信じられないほどの力ですが……」

「俺からすればライカンスロープってだけでそうだったんだけどな、一周前までは……」

一周前、という表現のせいかライがきょとんとしていたが、特に突っ込んでくる気もないようだった。

さて、他のところも見て回ろうかと思ったところで……。

「レミル様、お客様がお見えでございます」

「わっ!? クロエさん……」

「驚かせてしまい申し訳ございません……」

「いやいいんだけど、客って一体……」

シエルもいない中でやってきた以上俺が対応する必要があるんだけど……気が重い……。

慣れない領主らしさを求められることを覚悟して、足取り重く屋敷へ戻っていった。

来客

「あれ……思ってたのと違うな？」

「レミル様はこちらのほうがよろしいかと思いまして」

「それはそうなんだけど……」

客と聞いて何やら身なりのいい人を応接間に迎え入れないといけないとばかり思っていた俺は、なぜか庭の広間に連れて来られていた。

集まっていたのは町長、商工会長、冒険者、町娘とかなり幅広い、いわゆる城下町の住民たちだった。

「えっと……立ち話でいいのか……？」

「領主様とお話しさせていただけるのであればどちらでも構いませぬ。むしろこのように押しかけたというのに寛大なご対応、誠に感謝いたします」

集団から一歩前に出てきたご老人がそう伝えてくる。

「申し遅れました。城下町の町長をやっておりまする、ファムトと申します」

「ああ、俺はレミルだ、よろしく」

ここに来るまでに立場に合わせた口調を、とクロエさんに何度も言われているのでこちらは敬語では話せない。

今も少し後ろでクロエさんが念を送ってきているような気がする。

「さて……お忙しいでしょうからさっそく本題を……我々は前領主、アルカス家に多大な税と、内戦では労働力や兵、その他、様々なものを召し上げられました。もはや町も、周囲の村々も、生活が立ちいかなくなってきております」

「周囲の村の状況については俺達《たち》から説明させてくれ」

明らかに冒険者、プレートメイルを着けた中年の男が歩み寄ってきた。

ギルドで酒を飲みながらこちらに嫌な視線を送ってきていたあのタイプとは、毛色が違う冒険者だった。パーティーメンバーもみな、落ち着いている。

「村では若い人間が食料をはじめとした生活物資の供給にかなり影響を与えていたんだが、こないだの内戦で半ば無理やり徴兵されてライフラインがストップしてたんだ。若い連中はほとんど戻ったけど、帰ってこられなかったやつもいる。今は俺たちが物資を支援してつないでるが、このままだといくつかの村は餓死者が出る」

「そこまでなのか……」

領主になったというのにあまりに危機感が足りなかった。

顔を歪《ゆが》めていたのを見た冒険者のリーダーは笑ってこう続ける。

「領主になって日が浅いあんたを責めにきたわけじゃないさ。ただ、対策があるなら聞かせて欲しいと思ってな」

「対策……」

クロエさんに視線を送る。

以前伝えていた税の軽減策など、色々動いてもらったはずだが……。

「お恥ずかしながら私も情報不足でした。この状況であれば、税の軽減などではもう手遅れでしょうな。復興の支援が必要となります」

「なるほど……」

いや、これはもしかしたらチャンスかもしれない。

今無理やり北を開拓しているのはひとえに、魔物が人と相容《あいい》れないと思っていたからだ。

だがここまでの緊急事態なら、提案の価値がある。

「クロエさん、トロンと……何人か精鋭を呼んで欲しい」

「かしこまりました」

ニヤリと笑ったかと思うとクロエさんが一瞬で姿を消す。

ほんとにただの使用人でいるのがおかしい人だ。住民たちも固まって唖然《あぜん》としていた。

「ちょっと待ってて欲しい。今から対策を伝える」

住民たちも休ませたほうがいいだろう。特に町長はご高齢だ。

「慣れない魔法だけど……【ストーン・メイク】」

「なんだ!?」

「これは……」

素材の形を変える造形魔法を展開する。

「質素で悪いけど、椅子に座って待っててくれ」

「こんな一瞬でこの規模の魔法……」

「大げさだな。このくらい冒険者なら難なくこなすだろう?」

驚いていたのはさっきの冒険者パーティーにいた魔道士の女性だった。

「いえ……私ではここまでは……一脚ずつであればまだ可能ではありますが……」

「ま、全部やりきる前に魔力切れ……これがぎりぎりCランクの限界っすよ、旦那」

隣にいたシーフの男が笑う。

「そういえば、AランクＳランク認定に加えてSランクも審議中という噂があったが……まさか……」

そんな話をしているとあっという間にクロエさんが戻ってきてくれた。

俺の意図はしっかり伝わっていたようで、横にいるのはオーベロンのトロンだけ。その美貌に男女問わず集まった人間たちが見惚《みと》れていた。他に呼んでくれたメンバーは姿を見せずにいてくれた。

「招集に応じ馳《は》せ参じましたが……いかがいたしましたか」

「いや、トロンに何かして欲しいわけじゃない。ただそこにいてくれ」

「かしこまりました」

一切反論する素振りもなくその場で爽やかに立つトロン。

それを眺める住人たちに、俺はこう伝える。

「さて、来てもらったトロンだけど、何に見える？」

「エルフではないのですか？　このような美しいお方、初めてお目にかかり……」

頬を赤らめる町娘がそう答える。

よしよし。

「領主様はエルフとも繋《つな》がりが……!?」

町長は先走ってるがまぁ、一旦置いておこう。

俺はみんなに真実を伝えた。

「オーベロン、元はキングトロールだった」

そこで一度区切ってから、トロンに指示を出す。

「トロン」

「はっ」

呼んだだけで指示を察したトロンが、一瞬でその身体を変化させる。以前の姿、巨大な、見上げるほどの巨大なトロールの姿になって……。

「これでよろしかったでしょうか」

スルスルとすぐに姿を元に戻していた。

住民たちは口を開けたまま動けない。その間に言葉を続けた。

「俺はテイマーで、こうして魔物を【テイム】し、【テイム】された魔物を強化して領地を運営していこうとしている。今も屋敷の裏側には魔物たちのための開拓地が作られてる最中だ」

ようやく事態に頭が追いついてきたようで、冒険者のリーダーが慌ててこう言った。

「なっ⁉ じゃあこの裏は魔物の巣窟になってるのか⁉」

「味方の、だけど。今見てもらってわかったと思うけど、【テイム】は絶対だ。俺の配下になった魔物なら、人間よりも力があって、鍛えれば賢くなる。そして何より、今教えてもらった労働力不足の解消になる」

「あんたまさか……」

「提案だ。俺の配下を復興に使わないか？ その代わり、城下町を含む一帯で、魔物たちとの共存に協力して欲しい」

　俺の提案に集まった住民たちは再び固まり、しばらく考え込んでいた。

　そして町長が顔を上げる。

「共存の道は非常に険しいと思いますが、何か策はございますか？」

「お互い傷つけない、まずはそれだけでいいと思うけど。何か協力して一緒にやろうとはしないでいい。俺の使い魔は俺の指示で村を復興させるし、村は使い魔じゃなく俺に直接納めてくれればいい。今はともかく、後々その税収がこの地を支えるんだから」

「なるほど……」

「子どもが石を投げる程度なら争いの火種にはしないと約束する。だがいい大人が何かしたなら、俺が村ごと滅ぼす」

「そんな……」

「まぁそう言っておけば下手なことはしないだろうってこと。そうこうしてるうちに、仲良くなれると思うんだよ」

「そう……ですか……」

「ああ、それからもう伝わってるかもしれないけど、税の軽減策もあるし、商人たちを呼んでもっと活気づけたいと思ってる。村はともかく町は見た感じ冒険者を中心に仕事に困ってる人間も多いみたいだったから、鉱脈関連やうちへの仕官なんかも募集してる。色々変わっていくと思うよ」

「おお……」

「聞いたか、税が……」

「詳しいことを……」

後ろで商工会長らが沸き立つ。

「冒険者で食ってくのが厳しいおっさんでも、安全な仕事につけたりするかい？」

「ああ、ちょうどいい仕事がある」

「へえ。俺はラドル、詳しく聞きたい」

「ああ……それは……」

ラドルみたいな冒険者を探していたくらいだ。

ゴブリンをはじめとした魔物たちと人間の橋渡し役。彼らにはその役割を担ってもらいたい。

人柄も良さそうだし任せられるだろう。

まぁ俺はそう思って七周も人生を棒に振った男だ。あとでシエルに確認してもらう必要はあるけどな。

そこからの動きは早かった。

まず町長から声明が出され、数日後に魔物であるゴブリンたちが町に移住してくることが示された。同時に周辺の村にも達しが行き、冒険者ギルドと連携して町の中の使い魔を傷つければ領主直々に厳罰に処すことが伝えられた。

それでも魔物に抵抗があるものも多いだろうということで……。

「旦那……どうっすか！　これならいけると思うんすよ」

「なんかその感覚、数日でだいぶ狂った気がするんだけど大丈夫か……」

ラドルたちをはじめ、何組かの冒険者たちや町の幹部には北の開拓地での暮らしを体験してもらっていた。

急遽《きゅうきょ》の要請だったが、来賓用の宿や家を造ってゴブリンの集落に人が住めるようにしたわけだ。

最初は抵抗していたラドルたちだったが、今ではすっかり打ち解けている。

打ち解けすぎて、頼んでいた仕事が少し心配になるほどだ。

「ゴブリンたちが町にいても抵抗がないように服装を整える……って話だったはずだけど、コスプレ大会になってないか？」

「何言ってんすかー。こんないいやつらに抵抗するのなんていないっすよー」

「キー！」

すっかり意気投合したラドルのパーティーにいたシーフのウィブ。隣にいた陽気なゴブリンと肩を組んで楽しそうにしていた。

酔っ払ってるのか……。

「すまんな。ちゃんと仕事はさせるから……」

「ああ、よろしく頼む」

ラドルに伝えておく。

結局シエルの鑑定チェックも全員合格。このパーティーは根っからの善人で、金にもならない村人の支援をずっとしてくれていたらしい。

サービスでシエルの鑑定を基にした強化プログラムをプレゼントして、今はゴブリンジェネラルが訓練をつけている。いいプレゼントになったかはわからないが、すでに全員Ｂランクの実力を持つようになっていた。

このくらいの強さで、魔物に友好な冒険者が町や村にいれば、下手なことも起こしづらいだろう。

まぁこの対策については心配いらないけどな……。そもそも第一陣として人間との共存に向かうメンバーはみんな上位種にしてあるし。

ギルドにいた冒険者のうち、上位種を相手に余裕のありそうな実力者は事前にこの開拓地に招いて交流している。

シエルのチェックも含めて、問題の芽はすでに摘み取ってあるのだ。

幸いにして現状この地を拠点にしている冒険者達に、そこまでの悪意は感じられないとのことだった。

「あとは……」

シエルが城下町で審査をして連れてきた領地に仕える候補生たち。

年齢も立場もバラバラだが、シエルの鑑定に基づいて配置されている。

メイドをこなしながら諜報員としての訓練をこなすエリスたちのもとには、絶対に信頼できる者だけ数名送り込んでいる。

軍関係で高い指揮能力や指導能力があると考えられた者は、軍部の中枢を担う幹部候補としてライのもとへ招き入れた。

あとはトロン、正確にはクロエさんのもとで訓練し、使用人から政務関係に向くものまで、様々な才能が徐々に花開きつつある。

みな各地で既に活躍していたというより、シエルが才能を見抜いて連れてきた存在なので、よそで人材不足になるという心配もない。

「なんとか回りそうだな。領地も」

「魔改造もいいところよ。私がいない間に魔物の町にするとは思わなかったわ」

「あはは……」

「ま、でもこれであんたは領地を離れる準備が出来たわけね」

「ああ……」

俺は領地を任されたが、ずっとここに張り付くつもりはない。

というより、それが許されてはいない。

あと二年ほどに迫る化け物の討伐、その裏にいる神との接触。

そのために……。

「俺もまだまだ強くならないといけないし、キーエス家のことは自分でも調べたい」

「そうね。ま、どっちも自分の力よ。【テイム】のね」

シエルはそう言うがあんまり実感が湧かないからな……。と思っていたら、シエルから俺が望んでいたのを見抜いていたかのように、こんな発言が飛び出した。

「そろそろ次の段階に進んでもらいましょうか。新しいスキル、山程覚えてもらうわ」

「おお」

シエルの【鑑定】がフルに発揮されれば、経験値を溜め込み、今回魔物たちと共同で集め続けた俺は……。

「楽しみだ」

「前向きになったわね」

「シエルのおかげでな」

「なっ……」

素直に褒めると頬を赤くしてしばらく「生意気」と俺の肩を叩き続けていた。

特訓

「さて、あんたに足りないもの、それは何だと思う？」

「また抽象的な……」

領地の運営は部下達に完全に任せて、俺とシエルは近くのダンジョンにやってきていた。トレーニングのため、ということなんだが、キャトラも置いてきている。というかキャトラは領地運営に結構積極的でやることが多い。

代わりに特にあちらにいても暇を持て余すククルがついてきてくれていた。

「足りないもの……なぁ……」

あんまり浮かばないが……。

「考える力、も必要かしら」

「いや考えてる！」

油断すると罵倒される。

ただ、改めて考えてみても……。

「多すぎるな」

「その回答が出てくるのが問題なのよね」

「え？」

「自覚が足りないのよ、あんたは」

「自覚……」

「あんたは普通の人間より遥かに持ちすぎてる。その自覚をまず持ちなさい」

「……はい」

想定外、でもないか。よく言われてる方向でダメ出しを受ける。

「ただ……相手を考えれば、あながち間違いではないわ」

「じゃあなんで一回怒られたんだよ！」

「うるさいわねっ！　とにかくっ！　神に対抗しないといけないとなれば今のままじゃ太刀打ちできないわ」

ちょっと納得いかないがもう話が進んでしまったのでおとなしくついていくことにする。

「自覚が必要なのはその通りで、強くなるって言ってももうあんたの場合、意識すればスキルが取得できるくらいには経験値が余ってる。自分の現在地と、敵の情報を加味して、客観的に勝てる準備をしないといけないのよ」

「神の情報、っていってても……あまりに底が見えなかったからな……」

シエルの【鑑定】ですら見抜けなかったほどの相手なんだ。

どの程度対策すればいいのかすら、見当がつかなかった。

「そう。だからあんたには、出来得る限りの最高の状況になってもらうっていう、ちょっと不格好な鍛え方になっちゃうのよ……このままだと」

「このままだと……？」

シエルの言葉が引っかかる。

いや、意図はわかる。

「キーエス家に関わってるってのはわかってるんだし、あちらに探りを入れるのが正攻法でしょう？」

「じゃあ今日ここに来たのもそのための……か」

「ええ。ちょうどよかったわ。このダンジョンは」

「ちょうどいい……近くにキーエス家に関係するものがあるとか……？」

「違うわ。探りを入れるにあたって、あんたに必要なスキルを入手するのに、よ」

シエルが不敵に笑う。

「このダンジョンが……か？」

「正確にはこの周囲一体の未攻略ダンジョンの数が、ね」

あのあと町長やラドルと話して、領地内には人が近づかない地域があることを知った。

それがこのダンジョンを含むいくつかの未開拓ダンジョンだったわけだ。

通常ダンジョンというのはある程度攻略が進み、マップが販売され、安全マージンを取りながら出稼ぎを行う場所になっている。

だが未開拓ダンジョンは違う。地図は自分たちで作らなければならないし、一歩進んだだけで敵のレベルが十倍に跳ね上がったり、スライムしか出ない安全そうな階層で即死トラップがあったりといった、イレギュラーに対応しなければならない。

一攫千金《いっかくせんきん》を狙った冒険者や、ひどい場合には奴隷を使ってノーリスクで旨味だけを吸い取ろうとするものが現れたので、現在王国では、ダンジョンの管理をギルドに委ねている。

ギルドはAランク以上の冒険者にのみ立ち入りを許す形で、この問題を解消した。

そしてAランクの冒険者なんてのはそう多くいるわけじゃない……この領地で未開拓ダンジョンがずっと放置されてきたのは、領地に上位の冒険者を呼び込めなかったせいでもある。

放っておけば、稀にダンジョンから魔物が溢れたり周囲に瘴気《しょうき》を振りまいたりし始めるので、領主としても冒険者としてもこのダンジョンの攻略は必要だったわけだ。

「もう感じていると思うけど、あんたは無数の魔物たちを使役したおかげで常に経験値が溢れるようになってる。自動的にずっとレベルアップしてる状況ね」

「感じてはいたけど、実際どのくらい変わってるんだ？」

「もうこのループが始まるまでに溜め込んでた七周分と同じくらい、この人生だけで溜まったわよ」

「え？」

まじか……。俺の七回の人生って一体……。いやそれがなければここまで色んな相手をテイムしたりもできなかったか……。

「考えてもみなさい。ベヒーモスは覚醒して、神話級の四天王に、最上位種の精鋭たち。そしてそれに連なる数千から万の大軍勢。これが全部あんたに常に経験値をもたらしてるのだから、そうなるでしょう」

そうなる……もんなのか。

いやまぁそうだと思うしかないよな、実際そうなんだから。

相変わらず自分のことだというのにイメージが湧かない規模で動いているからな……。

気を取り直して今やるべきことを整理しよう。

「で、このダンジョンで俺、何するんだ？」

「そうね……中の魔物、全部テイムしてもらうわ」

「は……？」

「え……？」

双方固まる。

「いやいや冗談だろ……？」

「いけるわよ。ここは未攻略だけど三階層までの情報がわかってて、おおよそ全体像も見えてる」

そう言いながらシエルが俺にもわかるように資料を広げて説明していく。

「おそらく十階層の短いダンジョン。ボスは狼系。ただ得てして短いダンジョンはボスが強い。過去ここに踏み込んだ人間が三階層までしかたどり着いていないことから考えると、最終層はフェンリルくらいいてもおかしくないわ」

そう。攻略難度が高いダンジョンというのは、意外と階層は少ないのだ。

逆に初心者向けと言われてる場所は、百階層以上あるおかげで、上の十層くらいまで安全、という仕組みになっていることが多い。

それはそうと……。

「いくら十階層しかなくても全部テイムは無茶だろ。その余裕があったらすでに傘下になってるやつらに使ったほうがいいんじゃないか？」

「きゅー！」

ククルはわかっているのかいないのかよくわからないが鳴きながら頭に乗っかってくる。

「まぁ……考え方次第なのよね。今いる子たちをテイムするのはそれはそれで戦力増強になるけど、単純にゼロから増やすほうがキャパシティの使い方としては有効なのよ」

「まあそれはそうだけど……」

そこは効率以外にも考えたい部分がある。

ただシエルの提案はそんな俺の考えている次元を吹き飛ばすものだった。

「あんた今それなりに忙しくなったでしょう？」

「それはそうだけど……それが？」

いつもシエルの話は突然だ。

「で、この領地に未攻略ダンジョンはいくつある？」

人の話を聞かないというか、自分の話だけを進めるというか……仕方ない。諦めてついていく。

「全部で確か二十くらいだったはずだけど……」

「その数を一個一個ちまちま攻略していく時間はないわ」

当然そうだろう。

ダンジョンは一日に進めても五階層程度だ。十しかないこのダンジョンでも、中で一泊は必要になる。

何の確認かと思っていたが、シエルはようやく本題に戻ってきた。

思いがけない結論とともに。

「だから、ダンジョンの入り口から、あんたが全部テイムしたら、それで攻略完了になるんじゃないかと思って」

「は……？」

「私の眼には、それが出来るように映ってるわよ。手始めに一番階層が浅い場所に来たのもそのため」

「本気……か？」

シエルの眼はもう【鑑定】のときの青緑色の輝きを放っている。

嘘《うそ》や冗談を言っている雰囲気ではない。

だがあまりに突拍子もなさすぎて、俺が事態についていけなかった。

「ダンジョンがもし一瞬で攻略できるとなれば、あんたは加速度的に強くなれる」

それはそうだろう。

ダンジョン内の魔物を全てテイムした時点で、どれだけ【能力吸収】で恩恵がもらえるかわからない。おそらくスキルも無数に増えていくのはわかる。

問題は【テイム】とそれに付随するサブスキルのレベルだ。

シエルは現状でこのダンジョンはいけると言った。そしてこのダンジョンを【テイム】で攻略すれば、当然キャパシティや許容できるランクといった上限が伸びる。

それを繰り返していくうちに、【テイム】で攻略できるダンジョンが増えて、一度テイムした魔物たちも領地に増えて……。

「実現すれば確かに、めちゃくちゃ面白いな」

「でしょう？」

ニヤッと笑うシエル。

完全にいたずらをする子どもの表情だ。やろうとしてることはとんでもないのに……。

でもまぁ、この顔を見ると試してみたくもなるな。

「やってみるか……」

ダンジョンに入らずにダンジョンを攻略するという裏技。

これが可能ならそれこそ、神に追いつくのも夢じゃないような気がした。

⚜キーエス⚜

「おや……また面白いことを始めたようですね」

「いかがいたしましたか？　メルフェス様」

「ああ、すみません。続けてください」

キーエス家の応接間。その中でもごくごく限られたものしか出入りできない特別な部屋に、その女はいた。

メルフェスと呼ばれた彼女は、まさにレミルたちが目下マークしている神である。

国に四人しかいない辺境伯の一角であるキーエスと、神メルフェス。メルフェスは自らを神と名乗ることはないが、それでもなお、彼女がキーエス家にもたらした研究の功績を考えると、キーエスが下手《したて》に出ざるを得ないパワーバランスが、二人の中にあった。

「本題ですが……我が領土の繁栄に向け、次なる施策をと……」

「そうですねぇ……」

柔和な表情を浮かべてメルフェスが笑う。

そして、その表情からは程遠い提案が飛び出してくる。

「ルートス家の三女、あれをやはりこの家に取り入れましょう」

「ルートス家……またあの愚かなパーティーに手を出すのですか？」

「ふふっ。考えてもみてください。あの愚かな行いがなければ、ルイという魔法使いは政略結婚の道具という道を外れることができました。今浮いたカードとしては、最良の一手でしょう」

キーエス辺境伯の首筋に冷や汗が流れる。

彼も最上位の貴族である。当然人を動かすために情より実利を優先する場合は多い。それでも、情と実利のバランスを見て、苦渋の思いで決断を下すものだ。

だが目の前の神は、実利だけで、情を介さず事態を決定していく。

ひと一人を指してカードと言い切るのだ。

先の内戦においても、キーエス家は本来アルカス伯爵を助けるポジションにいたし、助けられる力も持ち合わせていた。

だというのに、神はこともなげにこう言ったのだ。

「手助けは構いませんが……勝たせてはいけませんよ？」

「……なぜです？」

「あら……そのほうが未来のためになるからです」

「未来のため……」

「争いが起きたのですから、どちらかが滅ぶまで禍根は残り続けるでしょう。ならなるべく手短に、簡潔に、簡単なほうに負けてもらったほうが良いでしょう。完膚なきまでに」


　実際その言葉通り、王国有数の伯爵家という上位貴族が、いとも簡単に改易された。

　何か全てこの神の手のひらの上でことが展開されたかのように、キーエスの目には映ることになったわけだ。

「元々辺境伯家にとってみれば政略結婚に求めるのは家の格ではないでしょう？　必要なのは何か意味のある能力。三女のルイはあの年齢で四属性を使いこなす未来の賢者候補です。子爵家という最低限の格もある。申し分ないかと思いますが？」

「ですが……あの件で傷ついた家名の影響を考えると……」

「その程度はこちらで面倒を見る甲斐性《かいしょう》を見せれば良いでしょう」

「甲斐性……ですか」

「ええ、折よくも、この国には新たな災いの元が生まれつつあります」

「災い……？」

戸惑うキーエスをよそに、メルフェスは不敵に笑う。

「王都のほど近くでこれまでにない魔族たちの大発生が確認されております。しかも、それを主導するのはその一帯を取り仕切る領主であるとか……」

「それは……本当ですか？」

「私をお疑いですか？」

「いえ、滅相もございません……」

辺境伯が入手できない情報をなぜメルフェスが持っているかなど、もはやキーエスの頭では問題になっていない。

そういうものなのだと、ここまでのやり取りですっかり慣らされていた。

「では、その魔族を討ち果たし、王家を守ることで……」

「ええ、体面は守られるでしょうね。そこにあの汚名を背負った両家を連れていけば」

「なるほど……」

コロシアムの一件は貴族たちにとってはもはや鉄板の笑いの種になっている。

アルカス家が改易された今、コロシアムの件で尊厳を保てなくなった家は二つ。

ルイのいるルートス子爵家と、アマンがいるカイン男爵家だ。

そしてキーエス辺境伯は、この両家とそこそこ親しい関係にあった。自分のためにも、この一件を払拭する必要はあるわけだ。

「とはいえ魔物が問題を起こしてからでなければ意味がありません」

「それだけの数が集まっているのに、ですか？」

「ええ。ですのでそのときを待つ必要がありますが……程なく機会は訪れます。まずは婚約の準備から進められればよろしいかと」

「わかりました」

次の瞬間、微笑みを残して神、メルフェスの姿が目の前から消えてなくなった。

キーエス辺境伯がふうっと息を吐く。

最初は驚いていたがもはやメルフェスが何をしても驚かない程度には、慣らされていた。だから手品のように姿を消したとしても、すぐに頭を切り替えられていた。

「ルートス家……か」

コロシアムの一件を聞いたときには血の気が引いたものだった。

協力関係にあったアルカス家。親戚関係にあるカイン家。そして魔法の才能を手にするために近づいていたルートス家。

キーエス家にとってあまりにダメージが大きい一件だった。

もちろん国内屈指の大貴族であるキーエスがそのダメージだけで崩壊することはありえないが、それでも多大な労力や出費を伴って、ようやく落ち着いてきたところだ。

「何やら全て、メルフェス様の手のひらの上で転がされているようだな……」

深い深い溜め息をこぼし、椅子に深く腰掛けたキーエス辺境伯。

そんな様子を、覗《のぞ》き込む人物がいた。

この応接間は使用人の中でも限られたものしか近づけず、そもそも存在すら認知されていない場所だ。

この場所を知り、この場所に出入りでき、そして……中途半端に話を聞いてしまった人物。

「俺が……俺が動く……！　そしてルイちゃんにもう一度……！」

キーエス辺境伯の頭痛の種である、一人息子のダルトンの姿が、そこにはあった。

裏技

「【テイム】」

ダンジョンを前にして手をかざす。

それだけではない。シエルが後ろから俺に抱きつき、魔力を一部共有している。

――【魔眼共有】。

本来目の前で魔物を認識しなければ契約が成立しない【テイム】。

応用として、【広域テイム】と【一斉テイム】を行う。

だが何階層にも及ぶダンジョンにいる魔物たちを一度にテイムするには、それだけでは足りない。

その補助として、シエルの力を共有させてもらった。

今俺の目にはダンジョンのおおよその構造と、そこに住まう魔物たちのオーラのようなものが、おぼろげながら見えるのだ。

それを頼りに、俺は魔物たちとつながっていく。

大体の相手はそもそもう【テイム】による恩恵、【使い魔強化】が強力になったため、魔物たちも喜んで受けるのだが……。

「三体だな」

階層ボスクラスになると、【使い魔強化】以外の条件を求めてくる。

「何を要求されたの？」

「ダンジョンボスの竜が、ダンジョン内の財宝の一部を」

「そのくらいなら問題ないわね」

「十五階層のジェネラルオークが戦闘力向上のための施策を」

「軍に連れて行ってあげたらいいわ」

「五階層のスケルトンナイトが……なんだこれ」

「どうしたのよ」

「嫁が欲しい……ってさ」

「骨の？」

「さぁ……」

こんな感じで、俺たちはもはやダンジョンに入らずに攻略を完了させるという裏技的な戦法で、最初の十階層ダンジョンから徐々に数字を伸ばし、今は二十階層あるダンジョンまでならこの形で攻略できるようになっていた。

ダンジョンの攻略条件は基本的に各階層のボスを倒しつつ、ダンジョンボスを討伐することなんだが、【テイム】に応じた時点で討伐した認定になる。

「本当にこれで出来るとは、な」

「さっさと私なしでも出来るようになりなさいよね……」

「ああ……」

いちいち後ろから抱きつかれるのは俺も恥ずかしい……。

でもシエルのほうが妙に恥ずかしがるからか、最近はそんなに気にならなくなっていたんだが、まぁ自分一人で出来るに越したことはないからな。

「これで未攻略ダンジョンも半分近く攻略できたか？」

未攻略のダンジョンは魔物たちのコントロールが利かず稀にダンジョン外に魔物が発生するなどの問題が起こる。

これが一旦攻略を完了すると、魔物や宝箱等の供給量が一定になるのだ。

ダンジョンの動力源は周囲の魔力と言われており、これはある種鉱脈のようなものであり、川の水のようでもある。事故が起こらない限りは安定して循環し続ける仕組みらしい。

攻略済みダンジョンはその性質が安定化し、人の手が入りやすくなることで暴走を防ぎやすくなる。

俺たちがボスを攻略したあとは、軍や諜報員の演習場として開放している。

マッピングや危険な罠《わな》の解除などを行い、俺たちが拾いに行くことすらしなかったダンジョンクリア報酬を回収してくれたりしているわけだ。

今回みたいなドラゴンとかが相手なら、ダンジョンから出てくるときに一緒に報酬を持ってきてもらうこともできるが、とてもアイテムを拾ったり出来ない形状の魔物などもいるためこのあたりは臨機応変に対応している。

「さて、これで四つ目だけど、ダンジョンから出ていった魔物たちがうまくやってるかも気になるな」

ダンジョンでテイムした魔物たちはそのまま置き去りというわけにもいかず、屋敷の裏で生活してもらっている。

これまでよりも幅広い種類……特にスケルトンなどのアンデッド系がどのくらい馴染《なじ》めるかは、こうしてダンジョンを回りながらも気になっていたところだった。

「そうね。一度領地に戻って休憩といきましょうか」

「きゅー！」

ククルはここ最近、すっかり移動要員になっている。

それと同時に、他にも最初に攻略したダンジョンボスであるフェンリルや、他のダンジョンで出会った飛竜種などが騎乗用の訓練を始めていた。

今も俺はククルに乗るが、シエルは別の飛竜にまたがったところだ。

「私は操縦できないから、ついていくだけよ」

「わかってる。ククル、後ろの子が置いていかれないようにな」

「きゅー！」

わかったのかわかっていないのか曖昧なほど勢いよく返事をして、羽をばたつかせる。

そのままの勢いで一気に上空へ飛び出し、早速シエルと飛竜を置き去りにしたのだった。

⚜

「はぁはぁ……あんた……」

「いや、悪かった……」

ククルは俺を乗せて飛ぶのが楽しいようでテンションが上がり、結果暴走を繰り返すことになっていた。結局領地につくまでに三回飛竜を置き去りにして戻るというやり取りを繰り返し、無駄にシエルと飛竜を疲れさせた。

「というより、行って戻ってを繰り返してたあんたがなんでそんなピンピンしてるのよ」

「ああ、なんかのついでで【騎乗】スキルも覚えてたらしくてな……疲れにくいみたいだ」

「……本当ね……というよりもう私も書き出すの面倒なくらい増えてるわね、スキル」

「そうなのか？」

「こうして使う段階になって初めて気づく、みたいなことが増えるんでしょうね……」

まぁダンジョンでの一斉テイムを繰り返した結果よくわからないスキルも無数に手に入れたしな……。

コウモリの糞《ふん》を食料にするスキルとか、毛皮を舐めると浄化されるスキルとか、なぜ俺が身につけたかわからないスキルが無数に存在していた。

「さて、裏手はどうなっているかしら」

俺たちが降りたのは屋敷正面側の広場。

テイムした魔物たちが暮らすのは裏側の森の開拓地だ。

「トラブルなくいってるといいけどな」

「そうね」

そう言いながら俺たちが屋敷の裏に回ると……。

「あっ！　ご主人様にゃー！」

「キャトラ」

ガバッと抱きついてきたキャトラを受け止めて撫でてやる。

よく見るとキャトラ以外にも主だった人間が集まっていた。

「ああ！　旦那ぁ、丁度いいところに！」

「ウィブ、何かあったのか？」

話しかけてきたのはラドル率いる冒険者パーティーのシーフ、ウィブ。

他に集まっていたのはラドル以外のパーティーメンバーや、町長、そして四天王のトロンたちだ。

あとはゴブリン系の魔族たち。

「まぁちょっと来てくださいよ」

そう言われて連れていかれた先には……。

「これは……？」

剣を引っさげ真剣な表情でライと対峙《たいじ》する、冒険者ラドルの姿がそこにはあった。

「まずい状況……か？」

だがライとラドルではあまりに実力に差がありすぎる。

ラドルは万年Cランクだった冒険者。シエルの鑑定のおかげでBランク相当の力を手に入れたとはいえ、いくらなんでもSランクの中でも強い部類に入るであろうライに勝てるはずはない。

ライもそれがわかっているため余裕を持ってラドルを眺めていた。

「見ててやってくだせぇ」

ウィブの反応から察するにこれはトラブルというより、修行の一環か何かってことか。

ウィブの言葉通り、その場で腰を下ろして見物させてもらうことにした。

「うぉぉおおおおおおお！」

「ふんっ」

――ガキン。

ラドルの剣とライの鋭い爪が交差し、火花を散らす。

「うぉらぁあああああ！」

――ガンガンガンガンッ。

ラドルの猛攻。

それをほとんど身体を動かすこともなく最低限の動きで躱《かわ》し、受け止めるライ。

やはり実力差は明白ではあるが……。

「ラドル、いつの間にこんなに強くなったんだ……？」

「でしょう！　リーダーここ最近で一気に強くなったんすよ、もうAランクだって夢じゃないってか」

「それは言い過ぎでしょ……」

「でも！」

わいわいとパーティーメンバーたちが話をしている間にも、ラドルの剣は鋭く、素早くなっていく。

「へぇ」

その様子に隣で見ていたシエルも楽しげに笑う。

「で、これを俺に見せた理由って……」

いくつか考えられる可能性はあるが一応聞くことにした。

ただラドルの成長を見せたかっただけという可能性もあれば、こうして人間と魔族がコミュニケーションを取れるようになったという話でもある。

ここでの訓練の有用性を示すことで、これが他にも応用が利くことを示したかったのかもしれないと思ったんだが……。

「旦那ぁ。ライだけじゃなく、旦那の下にはつええやつがいっぱいいるじゃないですか」

「まぁ……」

「そこで俺は思ったんすよ。これ、金になるなと」

「は……？」

俺が考えた可能性とはどうやらずれているようだった。

「コロシアムです！　コロシアムで挑戦権を売って、勝敗を予想させて賭けをさせましょう。胴元をやりゃぁこれは当たりますよ！」

「賭け、か……」

想定外。

だが……。

「悪くないわね」

「そうだな」

シエルも同意を示す。

メリットは金ではない。この様子をエンターテインメントとして人々に届けられれば、魔物と人間の距離を近づけるのにかなり効果が高いはずだからだ。

「ウィブ、運営できるか？」

「へっ⁉　お、俺がやるんすか⁉」

「いや、提案したんだからやる気かと思って」

戸惑うウィブが目を白黒させている。

隣にいた女魔法使い、リーサにも声をかける。

「補助として入ってもらえるとありがたいけどどうだ？」

「私も、ですか……まぁ確かに私たちは冒険者ではなくこの地に仕官しましたし、ご命令とあらば……」

そういうリーサに俺はちょっと戸惑いながらこう言った。

「いや、特に命令をする気はない。ただ、出来るならやって欲しいんだよ。腕試しに来るのだって冒険者たちだろうから、それをまとめてくれるのは助かるし、何よりこれは俺の使い魔じゃまずい」

あくまでまだまだ人間と魔族には隔たりがあるのだ。

人間が主催しているということが重要。なおかつ、万年Cランクとはいえ、プロの冒険者として長年やってきたメンバーたちは顔も広いしある種の信頼もある。

うってつけの役割だと思う。

「旦那……いいんすか？　俺らはずっと冒険者しかしてきてねぇ……そんな大役務まるか心配で……」

「それを言うなら俺なんてこんな状態で領主までやってるんだ。ライと協力してやってくれると嬉《うれ》しい」

「旦那ぁ……」

そんな話をしているとちょうど模擬戦を終えたライとラドルもこちらにやってくる。

「ライ、聞こえてたか？」

「概《おおむ》ね……我が愛弟子《まなでし》たちを鍛える場にもなりましょう」

「そうだな。当面は何なら、うちの使い魔同士の模擬戦でもいいくらいだから」

「御意」

ライは静かにうなずく。

こうしてコロシアムの建設が決定したのだった。

「思ったより順調にいけそうじゃない」

「そうだな」

館に戻ってシエルと食事を取りながら話をする。

キャトラは久しぶりに甘えたいようで猫の姿で俺の膝に乗って離れない。まぁ可愛いからいいだろう。

逆にククルは久しぶりに森で遊びたくなったようで自由行動になっていた。

どういう原理か俺を乗せるときは大きく、フラフラ遊んでいるときは小さい姿を取るんだが、今日は大きい姿のまま森に入っていったからまぁ、何かに襲われたりといった心配はいらないだろう。

今のククルより強い相手なんてそうそういないしな。

「さて、じゃあ私たちがいなかった間のこと、聞きましょうか」

シエルがそう言うと、いつの間にかクロエさんが現れる。

それはもう慣れてたんだが……。

「ゴブリンたち……？」

「ようやく人前に立てるレベルになりました」

クロエさんがそう微笑むがゴブリンたちは緊張しきりだった。

ゴブリン、といったものの、俺でなければそうとは思わなかっただろう。おそらくホブゴブリンやハイゴブリンよりひとつ上のクラスの何かになっている。

肌の色は緑なものの、体格は人間と比べてもすらっとしていてスタイルが良い。そこに燕尾《えんび》服《ふく》を着て、髪を整え、一部うまく顔を隠すようにしているおかげで、緑色の肌より先にその所作の美しさに目を奪われるのだ。

さすがクロエさんと思うと同時に、よくぞゴブリンがここまで進化したと感動した。

「すごいな……」

「もったいないお言葉。本日はまだこちらに立たせるだけですが、今後徐々に屋敷の内外で活動させますので、お見知りおきをと」

「ああ、よろしく頼む」

緊張した様子のゴブリンたちに笑いかけておいた。

「さて、さっそく本題ですが……領地の問題は特にございません。ご覧頂きました通り、概ね関係性は順調に構築されているかと。これに伴い、周辺の町村にも受け入れ態勢が整いつつあります」

「もうそこまで……」

流石だな。

「ご報告したいことが二点ございます。悪い話と良い話がありますが、どちらからがよろしいですかな？」

なんかよく聞くフレーズだな……。

「悪いほうから潰したい」

「かしこまりました。キーエス家に関わることでございます」

キーエス家。辺境伯家にして、先の内戦でアルカス伯爵に手を貸した研究施設を持つ、言ってしまえば敵。

神につながる情報を持っていると考えられ、目下調査を進めている相手だ。

「まず、調査は難航しております。ギッテル伯爵、ローステル法務卿、さらにシエル様のお名前、コネクションを使い、いくつかの間者も忍ばせておりますが、どれも芳しい成果が上げられておりません」

「流石は辺境伯……か？　それとも……」

「神、のほうでしょうね」

「だよな……」

クロエさんのような優秀な人材はそういないだろうし、ギッテル伯爵はともかくローステル法務卿は国内屈指の政治力を誇る貴族。その調査が不発に終わるとすれば、それはもう人智《じんち》を超えた存在によるところが大きいだろう。

「全く情報なしなのか……」

「いえ、エリス殿の部隊が潜入しており、いくつか情報が入っております」

「おお……」

流石は四天王。

「まずは前提のお話からですが、キーエス家は一人息子がおります」

クロエさんの言葉に続けてシエルがこう言った。

「ドラ息子ね」

「ドラ……」

シエルはいつも辛口だなと思っていたが、クロエさんもこれに同意した。

「実はこの息子がキーエス家を終わらせるとさえ噂されるほどでして……」

「そこまでなのか……」

聞いていくと、キーエス辺境伯は愛妻家で正妻しか持たず、また他の子宝にも恵まれることなく一人息子だけに愛情を注いできたらしい。

跡継ぎ問題は息子が生まれた以上問題ない。むしろこれ以上は争いの種になると、キーエス辺境伯はそれ以上子を作ることを望まなかったと言われているが、そもそも正妻の年齢的な問題を考慮してだったと言われている。

さて、一人息子がいれば確かに後継者問題は解決するはずだったが、貴族の財力、教育、そして愛情を一手に注がれた一人息子は、残念ながら増長した。

いつしかキーエス辺境伯ですら手がつけられないほどのわがまま息子となり、キーエス辺境伯は跡継ぎ問題を保留して執務に当たっている。息子には何か仕事を与えてみるものの、どれもこれもうまくいかず、いつしか仕事を頼むこともなくなった。

何もしないほうが被害が少ないと考えたのだが、これがまた悪かった。

息子は放っておいても勝手に被害を生み出すのだ。

街で遊んだときに仲良くなったという怪しい男の誘いに乗り、街に大きな建物を建てたこともある。その建物で何をするかと思えば、貴族の魔法技術を教えると塾を開いたわけだ。

だが講師はバカ息子だけ、建物は無駄に広く、客も集まらず、気づけば誘い出した男にも捨てられ多大な出費だけがキーエス家に報告された。

その後も一人息子が建物の所有権を主張し続け、法外な賃料を設定するため誰にも使われず、城下の貴重な一等地に非常に邪魔で無駄な建物が鎮座することになったという。

「一人息子の名はダルトン。この者がどこから聞きつけたか、この魔族との共存を脅かさんと私兵団を連れ。我らが領地に向けて出発しました」

「……厄介そうだな」

「はい……非常に」

聞いた話を整理すれば、ダルトン自身に能力がないため、こちらに大きな被害を直接もたらすことは出来ないはず。

だが、先程の城下町の空き家の件のように、ダルトンが何かしでかしたあと、迷惑を被るのはその土地にいた人間。

こちらに向かってきている時点で厄介なことこの上ないというわけだ。

「今はダルトンに餌を与え、こちらへの侵入を防いでおりますが……」

「餌？」

「はい。ダルトンの婚約者です」

婚約者……ここまでの話を聞くと可哀想《かわいそう》に思えていたんだが、出てきた名前に同情の念が消える。

「ルートス子爵家三女、ルイ。元々婚約が発表されていながら、家を飛び出し行方をくらませておりましたが、先日のコロシアムでの一件を受け、家の決定を断ることは難しくなったかと」

「子爵側からすれば辺境伯家のしかも後継者に嫁を出せるなんて、願ったり叶《かな》ったりってことか」

なんかルイが家を出た理由が見えてしまい、若干哀れに感じるが、まぁ何度も殺された相手に同情するほど心の余裕は持ち合わせていない。

「ルイは嫌がるけど、ダルトンからは好意があるってわけか」

「ええ。ですのでルートス家……もとい、三女ルイの居場所を都度都度ダルトンに与え、そちらに気を取らさせております」

「流石……」

とはいえそのうち相手はしないといけなそうだな。

出来れば領地の外で……。

「で、いい話はどうなの？」

シエルが話題を変えた。

そうか、ダルトンの話だけじゃないんだったな。

「はっ。レミル様、シエル様にSランクへの推薦状が届いており、後日審査の後Sランク認定を出したいと」

「へぇ」

「Sランク……」

なんだかんだでずっとSランクパーティーにいたものの、自分の実力がそうだとは思っていなかった。

それにSランクには大きく分ければ二種の認定があり、俺が受けていたのはパーティーとしての認定。つまりパーティーが解散すれば俺は低ランクからやり直しだったわけだが、今回は……。

「もちろん両名とも、個人での認定でございます」

「すごいな……」

「でも、審査、というより試験でしょう？　あれは」

「そうですな。シエル様の条件は少し特殊ですが、レミル様は非常にわかりやすい」

「え？」

どんな内容かと戸惑う俺に、クロエさんは笑顔でこう告げた。

「指定のSランク冒険者を倒せば良い、以上になります」

「いや……」

単体Sランクの冒険者……を？

まず整理しよう。

ギルドがSランクなんてものを作った理由は実に単純で、ギルドが測りきれない力を持っているという、その認定だった。

Aランクまでは優秀な成績を求められるが、Sランクは言ってしまえば人外の認定ともいえるほど、特殊な力や異常な強さが求められる。

その人外をパーティーでなくたった一人で受けられる冒険者など、王国に出入りしているのは五人もいないはずだ。

「ま、今のあんたなら問題ないでしょ」

「えー……」

「指名する相手はどなたでも良いとのことでしたので、相性の良い相手を選べばハードルは下がりますな」

クロエさんはそう言うが、相性も何もないほど強いのだ、単体Sランクというのは。

火属性には水が有利だと思って魔法を放ったら、逆に水を全て気化させて攻撃を通してくる相手だ。

それに勝つ……のか。

「ほんとに心配性ね、あんた。私から見たってもうあんた、十分すぎるほど化け物よ？」

「ご自身の現在地を確認する意味でもご都合がよろしいかと」

「そうね。ちょうどいいわ」

ということでもう俺に拒否権はなくなった。

いやまぁ、Sランク認定を蹴るなんて選択肢は最初からないんだけどな……。

「不安はあるから当日までにいくつかダンジョン攻略しておくか」

「あんた、気づいてないかもしれないけど、素振りしてくるみたいにサラッとダンジョンを攻略するなんて言えるの、それこそこの国には片手で数えられる程度しかいないからね」

言われてみれば……。

自分の感覚がまぁまぁ狂い始めたことに気づいた瞬間だった。


それから数日、俺は宣言通り周囲のダンジョンにククルと出かけて攻略をしていった。

シエルはシエルでやることがあるということだったので、【魔眼共有】なしでも行ける範囲、十五階層を超えない範囲で練習を繰り返す。

ククルに乗って、キャトラもついてきてのダンジョン攻略は割と楽しく進んだ。

領地にはゴブリンたちやスライム、魔獣ではなくくれないようなドラゴンなどの使い魔も増えたんだが、そもそも人間であるラドルパーティーが溶け込んでいるあたりここも心配ないだろうとは思っている。

今のところ居住区を種族ごとに住みやすい形にできる程度には土地に余裕がある。一部の種族は森がそのままのほうが住みやすいということでそうしているし、今後もまだ領地に余裕があるうちは大丈夫そうだった。

そうこうしているうちに、ギルドの指定した昇級審査の日がやってきた。

Sランク認定試験

「あ、レミルさん、お待ちしておりました」

城下町のギルドに着いた途端、受付嬢が駆け寄ってくる。

「ああ……」

「一応確認なのですが、シエル様からちょうどいいからコロシアムを使って良いと言われておりまして……大丈夫でしたか？」

「は……？」

シエルの顔が頭に浮かぶ。

いやまぁ確かに、俺のSランク昇級審査は、対人戦としてはなかなか見られない良い見世物になる。

新たに建設したコロシアムの宣伝には持ってこいだが……。

「負けるわけにいかなくなったぞ……」

しばらく領主というものをやって感じたが、この仕事は周囲からの見え方が大事だということはよくわかった。

俺が新米領主ながら受け入れられている背景には、飴《あめ》になった税の軽減政策に加え、この冒険者としての実績が大きい。

ここで無様な姿を晒《さら》すと面倒なんだけど……。

「まぁ、シエルが言ったなら大丈夫です」

「良かった。では早速向かいましょう！」

今更どうしようもないし、無様な姿をさらさないようにだけ意識するしかない。

受付嬢に連れられてコロシアムに向かった。


「結構人を入れたんだな……」

「あっ！　旦那ぁ！　いやー急にシエル様に言われたんでびっくりしましたよ。ちなみに今のオッズは旦那がちょっと不利っすねぇ」

ウィブが俺を見つけて駆け寄ってくる。

コロシアムの運営を任せていたからスタッフのはずなんだが、ウィブはなぜかスタッフの格好ではなく情報屋をやっていた。

これ、個人的な商売なのか、コロシアム運営に関わってるのか……微妙なところだな。

「相手が有名人ってことか？」

「王都で名を馳せる人気者っすからねぇ、トットさんは」

「トット……微笑みのトットか」

Sランク冒険者なんて数も少ないし大体わかるんだが、トットはその中ではまだマシな相手と言える。

暴風とか雷帝とかが来てたら厄介だったが、微笑みなら……もちろんSランクなんだ、油断はできないが、まだまし。

なぜならトットはその人気でSランクの認定を受けている。実績や実力の点では、他のSランクより与《くみ》し易《やす》いと言えた。

「どうっすか？　勝てそうっすか？」

「というより、負けるわけにいかない」

「ひゅー、期待してますよ！」

そう言って客を捕まえに行くウィブ。まぁトラブルなく人が入ってるあたり、運営もちゃんとしているんだろうと信じよう。

そのままコロシアムを進んでいくと、控室で対戦相手と出会った。

「おや、君が新進気鋭の若者というわけだ。どうか、お手柔らかに頼むよ」

人に好かれそうないい笑顔で握手を求めてくるトット。

彼は魔法も剣も万能でこなすが、突出した何かはない……と言われている。だが相対して、この力の根幹がわかった。

「ああ、よろしく」

微笑み、これ自体が【スキル】だった。

おそらく身体接触を図ることでその効果を発揮する、わかりやすいスキル名で言えば、【魅了】だ。

握手を交わしたことで契約は完了。一時的に俺は彼に本気で攻撃できなくなった……はずだった。

「エリスから借りてきて正解だったか」

握手での身体接触は、実は果たされていない。俺はばれない程度に腕にスライムを纏わせたことで、【魅了】を回避した。

スライムも俺の【テイム】が先にかかっているので【魅了】を受け付けない。

というより……。

「俺が使い魔で戦ったらそもそも【魅了】は役に立たないのか……」

とはいえ俺の情報をそこまで深く調べている様子もなかったし、今も【魅了】のおかげで楽勝だと思っていることだろう。

「油断はできないけど、リング外ではリードしたかな」

唯一連れてきた使い魔のスライムを撫でながら、本番に備えて気合いを入れ直した。


「さあ！　本日のメインイベント、冒険者レミルがSランクへの昇格をかけて微笑みのトットとの戦いに挑みます！」

拡声魔法を完備したらしく、放送で観客を煽《あお》りながら観戦させるスタイルをとったらしい。

多分あれ、喋ってるのうちのゴブリンだよな……放送席は外から見えるわけではないから喋りの上手いやつを選んだんだろう。

「お手柔らかに頼むよ、お手柔らかに」

現れたトットがそう念を押す。

なるほどなぁ……嫌らしい戦法ではあるが、これも一つの戦い方だ。まあもう効いてないんだけど。

とはいえそれでも単体Sランク認定の化け物が相手だ。【魅了】なしでも強いことは容易に想像できる。

「こちらこそ」

そう伝えて武器を取り出す。

リムドが作ってくれた専用武具。偃月刀ではなく、この日のために作った双剣だ。

対人戦で使うにはあまりに小回りが利かないということで、ダンジョンや旧アルカス領が誇る希少な鉱石を利用して作った特製の双剣。

全属性の魔法が使えるというメリットを生かし、剣身には細かい魔法陣が彫り込まれている。

全て魔法を増強させるための魔法陣。俺が簡易の魔法を発動させるだけで、たちまち中級以上の威力を持った魔法が展開される、魔法双剣だ。

「おー、レミルさんは巨大な槍《やり》のような武器を使うという前情報がありましたが、随分コンパクトにしてきましたね。シエル様」

シエル!?

「そうね。ちなみに先にバラしちゃうけど、レミルは全属性使いの魔法使い……賢者でもあるわ。意表をついてスピード勝負、という芽もあったでしょうね」

紛れもなくシエルの声。

今日は用事があるとか言ってたけどこれかよ……そしてどうして俺に不利な情報を平気で場内にアナウンスするんだ……。

「おや、素晴らしい才能だ。僕も魔法には自信があったけれど、これは分が悪いかな？」

トットが笑う。

「さて、対するトット選手は剣を腰に下げたまま。これは余裕の表れですか？」

「さあ？　でもあまり油断してると、痛い目に遭うでしょうね」

「なるほど。レミル選手も流石Sランクに推薦を受けた実力者というわけですね。さて、試合前にオッズも確定。ここまではトット選手有利と見られております。この前評判を覆せるか挑戦者レミル選手！　迎え撃つトット選手は不敵に笑う。では両者、準備はよろしいですか？」

放送席がどこにあるかはわからないがうなずく。

トットも同意を示したところで……。

「始めっ！」

まず動いたのは俺。

トットはまだ動かない。

双剣のスピードと魔法を生かして速攻を仕掛けようとしたが……。

「まだ動かない……？」

トットは余裕の笑みを浮かべたまま剣に手を当てることも、魔法を用意することもなく悠然と立っている。

その様子に不気味なものを感じた俺は一旦突進をやめて距離を空けることにした。

「おーっと、どういうことでしょうか。レミル選手が目にも留まらぬ速さで猛然と襲いかかろうとしましたが、突然前進をやめ両者睨《にら》み合いに」

「日和《ひよ》ったわね」

「おいおい……」

聞こえないと思いつつもシエルに突っ込んでおく。

あいつホント言いたい放題だな……。

「よく気がついたねぇ。あのまま突進していれば、僕の罠にかかったというのに」

そう言った途端、トットの周囲に複数の魔法陣が展開される。

どれも派手に光を放ち、観客から歓声が湧き起こっていた。

「いやはや、流石は新進気鋭の冒険者だ。これは僕も、本気を出さなければ」

そう言って剣に手をかけるトット。

だが……魔法陣を見て俺は確信していた。

トットの実力は、少なくとも今の俺からすると大したことがない。

「魔法陣までブラフならどうしようもないけど、もう仕掛けるか……」

シエルが日和ったと言ったのも、トットには悪いが俺にとっては大きなヒントだ。

現状、シエルから見て、俺が真っ向から切り崩しに行って問題ない相手だということ。

「決める」

「さぁ、来たまえ！」

トットに向けてもう一度俺は突進を行う。

【魅了】の効果があればどうだったかわからないが、素の力関係で負けることはない。なぜならあの魔法陣、見た目は派手だが対人戦としての効率は悪く、仮にあれが全て発動していたとしても、俺を止めることは出来なかったからだ。

そして剣を抜いた動作で、トットが突進に対応出来るほど素早く扱うことができないことも見抜けた。

あとはもう……。

「こちらも多少派手に、勝たせてもらうか」

コロシアムの宣伝と、領主としての人気取り。

「【フレイム】」

「おや、炎魔法……では【ウォーターウォール】」

俺が双剣の魔法陣を利用して増強させた炎魔法を展開したのを見て、水のシールドを展開するトット。だがやはり見た目の派手さに重きを置いている。

それでは俺の炎は止められない。

「【フレイム】【フレイム】」

【多重詠唱】。魔法陣の強化を受けた【フレイム】の三重魔法。

勢いを増した炎に、何が起きたかわからない様子のトットが一瞬焦りを見せたが……。

「言ったじゃないか、お手柔らかにと」

本人からすればおそらく、起死回生の決め手となる呪文。だが今の俺に、その言葉は意味がない。

「【フレイム】【フレイム】」

「なっ!?」

五重魔法。これで上級クラスの中でも威力の高い魔法へと化ける。

「ば、馬鹿な……まさか効いていな——」

「【フレイム】【フレイム】【フレイム】」

「なっ、ま、待て！　勝たせてやってもいい、だがその威力では……」

「単体Sランクの実力があれば、このくらいは問題ないだろう？」

ここまでのやり取りで少しシエルの目的も見えていた。

多分この男、ギルド員に【魅了】を申請していない。それどころか、【魅了】を使ってSランク認定を取ったわけだ。

それも含めて実力と言えるシチュエーションであればよかったが、おそらく不正。

いくら一芸に秀でていたとしても、ギルドはこの程度の魔法を耐えきれないものにSランク認定は出さないんだ。

「悪いけど、試させてもらうぞ」

「試すって……死んじゃ――」

最後まで言い切れず、トットは魔法の直撃を喰《く》らい、消し炭になる……はずだったが。

「へ？　生きてる？」

「そこまで！　レミル選手の魔法が決まり、コロシアムの安全装置が作動！　トット選手の致死量のダメージが確認されたため、終了となります！　勝者はレミル選手！　これで晴れて、Sランクの認定がくだされましたー！」

観客が沸き立つ。

そう。コロシアムには一つ仕掛けを施してあった。

流石に城下町のエンターテインメント施設で人の死まで見たい者は稀だ。

だから死ぬほどのダメージを受けると判断された場合、コロシアムに張り巡らされた魔法陣が起動することで、対戦相手の身体を守る仕組みが発動するのだ。

このときに入ったダメージ数を計算し、一定数値を超えればそこで試合終了。

安全なコロシアム。設計にはシエルが連れてきた【建築】スキルが飛び抜けた少女が大きく携わっている。

このコロシアムが彼女の名を王国中に知らしめることになるだろう。

「ギルドは虚偽申請に厳しいから、ちゃんと話したほうが良いと思うぞ」

「ひっ……」

トットにそう声をかけ、俺はコロシアムをあとにした。

⚜

「おめでとう。単体でSランクは初めてでしょう？」

「そりゃな」

シエルと食卓を囲み、今日の勝利を祝ってもらっていた……のだが……。

「実にめでたい。シエルがこの者を何者にでもすると豪語したときは話半分であったが、名実ともに国になくてはならぬ英雄になったわけだ」

なぜか俺の祝勝会は王宮で、しかも国王陛下付きで行われていた。

「これで誰にも口は出させぬ。正式にレミルには、伯爵の地位を与えよう」

「いやいや」

「足りぬか？　シエルを嫁にというのであれば公爵とするのも良いが……」

だめだ。突っ込んだら負けだ。

だがもう、少なくとも伯爵の地位まではどうしようもないということだけはわかってしまう。

「諦めなさい。それとも結婚する？」

「勘弁してくれ……」

「あんた、大概失礼なやつよね……」

シエルに突っ込まれるもいっぱいいっぱいな俺はそれ以上、相手にすることが出来なかった。

⚜

後日。

正式に玉座の間に呼ばれた俺は伯爵の地位を授かることになった。

そして同時に、実家であるウィルト家の領地も、俺が受け継ぐ許可をもらい、実質実家まで継承権のある上位貴族の仲間入りを果たしたのだった。

凱旋

「久しぶりに来たからなんか緊張するな……」

「緊張と言うなら私のほうでしょ……あんたは落ち着いてなさいよ……」

ウィルト騎士爵領。

件《くだん》のキーエス辺境伯の領地にほど近く、ほとんど管理されていなかった田舎の村を、今代限りで統治することになっていた父が治める、俺の故郷だった。

「前々から思ってたんだけど、この村ってうちの父親が引退したらどうなる予定だったんだ？」

「元々と同じね。王都で国に仕官した人間を送って事実上の領主にするの。というか、辺境の村なんてそんなもんよ」

「それ、管理の手回ってるのか……？」

「……怪しいところもあるにはあるわね。それでも代々その村で生活してる人にとっての日常は守られてるわ。生活水準の差はどうしても出るけど」

なるほど。

俺がこの地を引き継ぐことが良いのか迷っていたが、悪いと思われないように頑張るしかないってことだな。

「にしてもこうしてみると、小さい村だったんだな」

俺のループは村を出たあとから始まっている。

三年のループを七度繰り返した結果、実家での記憶などかなりおぼろげになっていた。

「緊張する……」

「はぁ……いいから早くこの子を降ろしなさい」

「わかった。ククル、頼むぞ」

「きゅー!」

ダンジョン攻略のおかげか、ククルは更に大きくなった。おかげで俺とシエルが二人で乗れるようになっており、以前のような飛竜置き去り事件は発生しなくなっていた。

今回はキャトラも強い希望でついてきており、今は俺の脚の間で丸くなって眠っていた。子猫の姿で。

「そろそろ着くぞ」

「んにゃ?」

キャトラを起こしながら、俺は久しぶりの実家へ降り立っていった。

「レミル！　お前だったのか！」

「まぁ……まぁまぁ、立派になって……」

「ただいま……」

到着するなり両親と村人に囲まれた。

そうだよな。こんな田舎にドラゴンが現れたら動転するだろう……申し訳ないことをした。

「この子はククル、俺の使い魔だから……心配かけて悪かった」

「いえいえ……それにしてもご立派になられて……」

「レミル兄ぃ！　遊ぼ！」

「こらこら、レミル様は大事な用があっていらしたのだから……」

ごくごく小さな村だ。住民たちは皆家族のように接してきている。

懐かしい面々に挨拶を済ませつつ、俺は両親と向き合った。

「聞いてると思うけど、この領地は国王陛下にウィルト家の永続統治が認められたから、連携出来たらと思って……」

「え？」

「ん？」

この反応は……。

「もしかしてだけど、聞いてない？」

「王家の使者の移動速度を考えると……というかそもそもあんた、手紙とか出してなかったの？　だとしたらあんたが領主やってるところからじゃないかしら」

「あー……」

両親に手紙なんて発想、もう随分前に失っていたな。

思ったより色々積もる話があるということで一旦屋敷……というほど立派なものではない実家に入った。

⚜

「もしかして、シエルの紹介からしないとか？」

「そりゃそうでしょ」

「ふふ。まさか久しぶりに顔見せたと思ったら女の子連れてくるなんて、嬉しいわぁ」

母の反応を見る限り、一から説明が必要だな。

ちなみに一代限りの騎士爵家に十分な数の使用人などおらず、配膳は母自ら行っている。庶民的なもてなしで迎え入れた相手が王女と知ったらどう反応するだろうか……。

ま、言うしかないか。

「王宮にも行ったことがある父さんは見覚えあるかもしれないけど、シエルはこの国の第一王女、国宝の、尖《とが》った宝石だよ」

「「なっ⁉」」

「お初にお目にかかります。ご紹介いただきましたシエルです。ご子息には本国に多大な貢献をいただき、感謝しております」

「えええええ⁉　ガールフレンドじゃなかったの⁉」

うちの母はなんというか……。

「いい家族じゃない」

シエルが笑ってくれたからまぁ、よしとしておこう。

そこからしばらく、俺が訓練校に行ってから、つまり実家を離れてからの話をまとめて伝えた。

訓練校でのエピソードはそもそも俺があまり覚えていないこともあり、ほとんどがここ一年の話だが。

訓練校を卒業し、パーティーを組んだはいいが、すぐにシエルと出会い、パーティーが本性を見せたことで解散。

コロシアムの件、キャトラをはじめテイマーとしての使い魔たちの話、そして内戦を経て、領地と爵位を賜った話。

結果、このウィルト領まで継承権が与えられたという話をしたんだが……。

「もしかして、今引退すると言ったらレミルが継いでくれるってことか？」

「いや、そんな簡単には……」

「だったら私たちレミルのお嫁さん探しの旅にでも行こうかしら～？」

だめだ……人の話を聞いてない。

と、そのタイミングで起きたキャトラが人型になって飛び出してきた。

「ご主人様の相手は私が選ぶにゃ！」

「まぁ！　また可愛らしい子ねぇ～」

「さっき話したべヒーモスの子だよ」

「これがあの伝説の……」

父は昔冒険者だった、というか……その功績でこうして騎士に任命された。だからこそべヒーモスという言葉の持つ意味は、母よりもよく理解している。

「ちなみに乗ってきたドラゴンがククルカン。あとのは領地にいる」

「あら～うちの息子は天才ねー」

「ああ……」

のんびりした母に比べると驚愕《きょうがく》が隠せない父だったが、母のペースに巻き込まれて特に突っ込むことも出来ず受け入れていた。

「で、流石に領地を継ぐのはまだとしても、多少連携したいと思ってるんだ」

「ふむ……」

父が領主の顔になり、母も空気を読んでおとなしく座って話を聞く。

「うちの領地ではもう試してるんだけど、魔族と人が共生できればかなり領民の生活が豊かになる。この辺りは魔物も強いし、まずは村の外の警備部隊を送って、村の警護に当たらせる。そこから少しずつ交流できればと思うんだけどどうかな？」

「ふむ……うちとしては願ったり叶ったりだ。収穫前に魔物の被害がどんどん増えている」

「みんなは抵抗しないかな？」

「なに、魔物には慣れっこだからな。それにお前が連れてくるんだ。みんなお前を信頼している」

面と向かって言われるとなんともいえない気持ちになるが、否定されなくて良かった。

「ふふ。ほんとに良いところで育ったのね、あんた」

「まぁな」

その後は遠慮するシエルたちを無理やり巻き込んで晩飯となって、俺たちが領地に戻ったのは次の日になってからだった。

約束通り、すぐにライと協力して魔獣たちを選び、指揮官に数名のハイゴブリンを故郷に送り込んだ。

離れた領地だがフェンリルをはじめ騎乗できる魔獣たちを送り込むから、気軽に移動もできるようになるだろう。

一方で俺も故郷の周囲にある未攻略ダンジョンを回る約束をしたから、しばらく実家との行き来は続く。

シエルが母親といつの間にか仲良くなっていたのでまぁ、たまに行けるのは良いということにしておこう。

「むむむ……」

キーエス辺境伯領地、屋敷のそばに建てられた妙に豪華な離れで、一人の男が唸《うな》っていた。

キーエスの一人息子にして頭痛の種、ダルトンだ。

「むむむむ……最近ハエがうろちょろしてるらしいぞ……」

レミルの故郷、ウィルト騎士爵領地はキーエス領地からほど近くにある。

婚約関係にあるルートス家もまた、非常に近い距離にあった。

これがダルトンの勘違いを引き起こすきっかけになってしまったのだ。

「僕の可愛いルイちゃんを……」

ダルトンの勘違いは多岐にわたる。

一つはハエと名付けたSランク冒険者、レミルが、ルートス家に近づこうとしていると思っていること。

二つ目は、レミルがルイを狙っていると思っていること。

三つ目、ルイは自分のものだと思っていること。

そして四つ目。

自分には優れた能力がある……という勘違い。

「ル、ルイちゃんは、僕が……守る！」

父が何者と密会しているのかは知らずとも、その内容は盗み聞いていた。レミルは彼にとって悪なのだ。

そして、自分は婚約者を守る王子。

ルイにその気が全くないどころか、半ばこのダルトンという男が嫌だから家を出ていたという事実に、本人は気づけない。

だというのに、なまじ彼には名門の出自と、権限があった。

そのせいで彼の勘違いによる暴走は、多くの人間を巻き込んでいくことになるのだった……。

ダンジョン攻略と変なおまけ

ダンジョン攻略のために実家に来た夜。

すっかり実家に溶け込んでいるシエルが、晩飯を終え、くつろいだ様子で声をかけてくる。

「あの男……マーガスだったかしら？　あれはもう終わりとして、あんたの予想で他の二人はどう動くかしら？」

「あー……」

考えたこともなかった、というより、頭から完全に抜け落ちていた。

「むしろシエルのほうがルイとアマンがどうなってるかについては詳しいんじゃないか？」

「あー、そうだったわね。あんた今回は役に立たないのよね……」

「おい……」

スキあらば罵倒してくるシエルだが、まぁなんかそういう部分を含めて慣れてきたな……。

「まず魔法使いの女、ルイのほうだけど。ルートス子爵家に戻ってめでたく結婚の段取りを進められているわ」

「それが嫌で冒険者になったのになぁ……」

気が強い割に泣き虫なルイだ。毎日泣いてるだろうな……まぁ同情の余地はあまりないんだが。

「次に騎士の格好をしたほうは、実家のカイン男爵家に戻っても仕事もなくて、実家の組織してる騎士団という名の警備隊にいるそうね。役職もなく」

「役職もなく……か」

アマンは実家にいても仕事がなく、一旗揚げるために冒険者として活動を始めたはず。まぁ貴族の家の人間が就くものではないとはいえ、ひとまず仕事が得られただけで良かったのか……どうなのか……。

「二人があんたのことを恨んでいるのは間違いないわね」

「こういうのって逆恨みって言うんだよな……？」

「だとしても、結果は同じよ」

シエルの言葉を受けてうなだれる。

まぁとはいえ……。

「あの二人が何かしようと思っても、何も出来ないよな？」

「普通なら、ね」

「何かありそうなのか？」

「ルイって女の結婚相手だけど、キーエス家の頭痛の種になってるバカ息子だったでしょ」

「あ……」

一瞬で色々つながってしまう。

「そういえばアマンの家とキーエス家もつながってたんだったな」

親戚関係で領地も近く……待てよ？

「ルートス家ってここから近かったよな？」

「そうだけど……」

「【危機察知】のスキルかもしれない……なんか来るぞ、これ」

「へぇ……」

【スキル】に基づく予想は当たる。

次の日の朝、周囲を警備していた使い魔のうちの一体が、俺たちのいる屋敷に駆け込んできたのだった。

⚜

「放せ！　僕を誰だと思ってるんだ！　この！　おい！　聞いてるのか⁉　お前を今日の餌に

するぞ！　おい！」

　呼ばれて駆けつけた先には、数十人に上る武装した人間たちと、小太りの偉そうな男が一人、すでに縄にくくられて転がされていた。

「手際がいいな」

　指揮していたゴブリンを中心に褒めながら歩いていると、小太りの男……おそらくダルトンがわめき始めた。

「お、お前！　お前は！　許さないぞ！　こんなことをしてパパが許すと思っているのか⁉　戦争だ！　戦争が起こるぞ！」

「戦争か……」

「そうだ！　お前の何もかも全部！　こんな犬っころどもだって皆殺しに――ひっ⁉」

　俺のことはいいが、使い魔に手を出すと宣言したことで少しイラッときて剣を取り出しダルトンの首筋にピタリと当てた。

「お、おい……今なら許してやる……から……」

「戦争だろう？　お前の首をいくらで買い戻すか、お前のパパに聞いておくよ」

「ひっ⁉　や、やめ……ひぃっ⁉」

　ダルトンの足元に汚い水たまりが広がる。

勘弁してくれ……。

「さて、ここに来た目的を言ってもらおうか」

「お、お前が僕のルイちゃんを取ろうとするからっ！」

ダルトンが叫ぶ。

「は……？」

「ふんっ！　隠しても無駄だぞ！　ルイちゃんは可愛いけど僕のものだ！　お前なんか相手にされない。おとなしく諦めておくんだな！　僕がルイちゃんの……その……婚約者なんだから！」

そこまでは聞いていた内容だけど……いや要するにそんなわけのわからない妄想だけで、ここまで来たのか？　こいつは。

流石に相手にしきれず、後ろにいたフード姿のシエルに視線を送る。

ため息を吐きながら、シエルがフードを取って青緑に輝く瞳をダルトンに向けた。

「なっ、なんだ！　無礼な！　僕を誰だと思ってそんな眼で！　今すぐやめろ！　やめるなら……許して……そうだなぁ、妾《めかけ》にならしてやってもいい！」

こいつ……。

「なぁ、貴族なら普通、シエルの顔くらいわかるものなんじゃないのか？」

「私を見たことないもの。そういうことでしょ」

何らかの理由で表に出してもらえてなかった……か？

まぁキーエス辺境伯の立場かつ、この目の前の愚かな男のことを思えば、賢明な判断と言えたかもしれない。

だがそれでも、仕える国の王族の顔くらいは知っておくべきだったな……。

「私があんたごときの妾にふさわしいかについては、じっくり議論してもらっても構わないけれど……王宮で」

「は……？」

「この眼でも気づかないのは致命的だな……聞いたことくらいはないか？　尖った宝石の噂を」

「ふんっ。そんなすごい人間いるはずないんだ！　僕が出来ないんだから……そんなの……」

ダメだ……こいつ、見た目……いや実年齢で見てももう十分すぎるほどに大人だというのに、中身がまるっきり子どものままなのだ。

本当に、致命的なまでに……。

「どうする？」

お手上げだとシエルに丸投げする。

「まぁさっき言ったけれど、王宮に連れて行っていいんじゃない？」

と、次の瞬間だった。

「え……？」

またあの、とてつもないプレッシャーが周囲の空気を震えさせ始める。

「な、なんだ⁉　僕に何かあったらパパが黙っていないからな！」

そんな間抜けなダルトンの言葉に気を取られている間に……。

「消えた……？」

「ええ、すっかりみんな、連れて行かれたわね」

縄で縛っていたダルトンをはじめとした兵が皆、消えていた。

「また……」

神が何を考えているかわからないが、どうやらダルトンを連れて行かれるのは嫌だったらしい。

考えても仕方ないことは忘れるとしても……。

「私たちからすれば領地に手を出されたし、向こうにすれば大事な跡継ぎが捕縛された」

シエルがゆっくりとそう話す。

「辺境伯と伯爵。しかも国内最強の軍と、まだ成り立てのひよっこ領主。経緯なんて関係なく、この件をネタに争いが起きたって、普通王家は関与しないわね」

「伯爵ってなんというか……軽いのか？」

「まさか。国を支える大貴族の一角。それでも、辺境伯は特別なのよ」

どこまでがキーエスの、そして神の思惑だったかはわからないが、こうして俺たちとキーエス辺境伯との内戦の火種が生み出されたのだった。

愚息

「お、おお、お前が僕を助けてくれたんだな。ふぅむ。よしよし。おお、顔も良いじゃあないか。褒美に僕のお嫁さんの一人に……」

キーエス辺境伯領、離れの館。

暴走したバカ息子ダルトンが、救い出された身であるというのに早速アホなことを口走っていた。

「次はありませんよ」

「へ？」

神、メルフェス。

その圧倒的なオーラで何も言えなくなったダルトンは腰を抜かす。

「勝手な振る舞いは慎んでください。あなたごときでは駒にもならないのですから」

「なっ？　え？　は……？」

自分がなぜ尻もちをついて、なぜ身動きがとれないのかも理解が出来ないダルトンは、ただまぬけに呆《ほう》けることしか出来ない。

いつもなら自分のことを棚に上げ、さんざんレミルたちに対する不平不満と、メルフェスへいやらしい表情を隠そうともせず下品な言葉を繰り返していただろう。

だが彼は今、目の前の圧倒的な存在を前に、一歩も動けずにいた。

「しばらくこの離れから出ることがないように……次は、ありませんからね？」

「ひ……ひぃ……」

この段階に来て、ようやくダルトンの本能が理解したのだ。

目の前にいる存在は、自分ごときが軽んじていい相手ではないということを。

ダルトンにとっての幸運は、ここで気づけたことだ。

気づけなければ彼の生命など、吹き飛んでいただろうから……。

⚜

「申し訳ない……」

「いえ。しかしあれほどまでにマイナスしかもたらさない存在でも生かしておくのですね」

「……あれでも私が唯一血を分けた存在ですので……」

そうは言ったものの、キーエスの眉間に刻まれた深い深いしわを見れば、彼の苦悩がうかがい知れるというものだった。

神であるメルフェスには、そうまでしてダルトンを生かしておく意味などわからず、かといってキーエスにこの件で問答を続けても無駄であることは理解した上で、次の話題へと移っていった。

「さて、彼は先走ってしまったようですが、実はあなたにやって欲しいことはほとんど同じことなのです」

「おっしゃっておりましたな。ですがタイミングを見極めなければとも」

「ええ。あれから私もこの国のことを学ばせていただきましたが、思ったよりも、戦争に勝てば無理がまかり通る国なのですね」

「それは……」

「まして代々仕える辺境伯家と新領主。こちらが勝てば彼らには何も残りません。仕掛ける理由はちょうどよく先走った彼のせいにしてしまえば良いでしょう？」

淡々と告げる神、メルフェスに、タジタジになるキーエス辺境伯。

確かにメルフェスの言う通り、辺境伯家と新領主の内戦など、辺境伯が勝って、あとは諸々《もろもろ》の処理さえ済ませてしまえば、多少の理不尽など押し通せるだろう。

だが……。

「相手には王家の人間がおりますが……」

「ダルトンは魔物に襲われた。辺境伯であるあなたを取るか、身内可愛さで彼らを守るか。この国の王家は、この判断は出来ないと思いましたが」

しないのではなく、出来ない。

要するにジャッジをくださず、成り行きに任せるということ。

ここではそれは、内戦を仕掛けて勝利すれば、お咎《とが》めがなくなることを示していた。

「徴兵の準備を進めます……」

「油断なきように」

「もちろんでございます」

国内最強の軍事力を誇るキーエス辺境伯軍。

常設の軍はもちろん、傭兵《ようへい》となる冒険者たちの質も高く、また周囲の貴族たちからも士気の高い兵が集まる。

五万もの大戦力を用意できる最強の軍団が、こうして動き始めたのだった。

領地の繁栄

「随分平和というか、拍子抜けするほどうまく溶け込んでるなぁ」

ダルトンとの遭遇からしばらく。

クロエさんやシエルいわく、あの件で問い詰めることは難しいとのことだったので一旦キーエス家のことは忘れ、領地の視察という形で城下町にやってきていた。

「うまくやってるみたいだな」

「はっ……！　ありがたきお言葉」

今日はトロンが城下町に来ていたようで、俺を見つけるとすぐに駆け寄ってきた。

道行く人がみんな振り返るほどの美貌。そんな目立ち方をしているというのに俺の前でひざまずいたりしたせいでいたたまれなくなる。

「普通にしてていいから。それより地方にもゴブリンたちが行ったようだけど、うまくやってるのか？」

「はい。領地にある村々では、近くで暮らしていたゴブリンたちを交流させつつ、彼らには周囲の獣害から村を守るなど役割を与えております」

「ありがと」

トロンなら当然だが、思いっきりゴブリンやオークの見た目でも、慣れてしまえばみんな意外とあっさり受け入れるのだなと感心していた。

もうすでに街の露店ではゴブリンと店主が談笑する様子も見られるし、言葉が喋れないゴブリンですらジェスチャーでコミュニケーションを取っているくらいだ。

「各村には指揮が出来るハイゴブリン以上が配置されてる、だったか」

「心配なら見に行けばいいじゃない」

「それもそうか」

大きくなったククルなら領地内の視察くらいはすぐだな。

「頼めるか？」

「きゅー！」

ひと鳴きすると肩に乗っていた小さな竜が、人を二人乗せられるほどの立派なドラゴンへ姿を変える。

鞍を取り付けてシエルとともにまたがり、トロンにあとの事を任せて、ククルを出発させた。

「おお──……ほんとに共存してる」

上空から森を進み、ようやく開けた場所を見つける。

城下町と比べれば遥かに小規模ではあるものの、小屋や畑が見える村の一角に、ゴブリンたちの集落が隣接されていた。

「不思議な光景だな……」

「まぁそうね」

通常ゴブリンと人間は敵同士。特に小さな村にとって、ゴブリンが数を揃えた状態は最悪の場合村の壊滅を招くほどの災害だ。

それが逆に、村人たちを守るように森側に集落を築き上げ、実際に警備を出して守っているのはなんというか……感慨深いものがあった。

そんな俺を見たシエルが笑う。

「領主、やりがいあるでしょう？」

「……ああ」

曖昧にうなずきながら、ひとまず地上へと降り立った。

「ご主人様！」

村を取り仕切るハイゴブリンが駆け寄ってくる。

「お疲れ様。様子を見に来たけど、心配なさそうだな?」

「はい! 村の皆さんはとても良くしてくれてます! いいって言うのに野菜を分けてくれたり! おかげでゴブリンと呼べる個体も増えましたし、ホブゴブリンくらいになら進化しそうなのも結構出てきてます!」

「おー」

ゴブリン側は全く問題なし、と。

そこに村の子どもたちが走ってやってくるのが見えた。

「おーい!」

「今日こそ勝つ!」

木の棒を持って、三人組の男の子たちがまっすぐゴブリンたちの集落に飛び込んでいく。

そしてまだ成り立ての若いゴブリンに向かって思いっきり木の棒を振り降ろした。

「えっ?」

「ご心配なく」

和気あいあいとした雰囲気だから俺もそこまで心配はしていなかったとはいえ、いきなり襲われたゴブリンは大丈夫かと思ったんだが……。

「あれでも私が鍛えておりますので」

ひらりと振り下ろされた木の棒を躱すと、そのまま抱え込むように木の棒を脇に挟み、巻き取るように相手の手から奪い去る。

流れるような一連の動きに感心したのは俺だけではなく……。

「すげぇ！」

「やっぱつえぇ！」

「今のどうやってやんだよ!?」

子どもたちは目を輝かせてゴブリンに寄っていく。

喋れないなりになんとかコミュニケーションを取るゴブリンが微笑ましい。

「この様子だと、かなり溶け込んでるんだな」

「ええ。夕刻になれば彼らの親が食事を持ってやってきてくれたりと、本当に良くしてもらっています」

城下町だけでなく、辺境の村でもこうして魔族と人が共生出来るようになったのは大きい。

この調子なら領地はどんどん任せていけるだろう。

まぁ、俺の【能力吸収】が発動し続けてるおかげで大まかにはうまくやってることはわかるんだけどな。みんながしっかり経験を積んでいってくれてる証《あかし》だから。

「何かあれば言ってくれ」

「はい！」

そんな調子で村々を見て回っていく。

どの村もそれぞれの形で、魔族が村人に貢献し、村人が魔族を受け入れ、今度は魔族に村の知恵や食料、道具類を供給するという協力態勢が敷かれるようになっていた。

城下町と村々には四天王らも定期的に巡回しているし、あとはもう少し街道を整備すればもっと領地内で色々できそうで、これからが楽しみだった。

ルイとアマン

時はさかのぼり――。

「最悪……」

コロシアムでの大敗のあと、ルイは何度そうつぶやいたかわからない。

だが今度ばかりは本当に、どうしようもなく、彼女にとっての最悪が訪れていた。

「子爵家である我が家が辺境伯家の跡継ぎに嫁入りなど、こんな誉れ高いことはないぞ」

「お姉さまたちじゃダメだったの？」

「もう結婚しておるのはわかっているだろう……」

ルートス子爵。

ルイの父で、もう齢《よわい》五十は越え、白髪も目立つようになっているが、すらっとした身なりで清潔感があり、周囲の評価も高い。

だが、ルイにとっては、最悪の父親だった。

「どうして私があんなのと……」

「一度はわがままを許したのに失敗したのはお前だ。受け入れるしかあるまい。それに普通に考えるなら、悪い話ではないのだ」

そう。

この貴族の世界において、政略結婚は普通のことだ。貴族の女に生まれれば、いかに格の高い相手と結婚に至るかが幸せを左右する。

実際、上の姉二人からすれば、ルイは幸せ者なのだ。

子爵家三女が辺境伯家の長男のもとに嫁入りなど、普通はあり得ないのだから。

たまたまダルトンの目に留まり、そしてその貴族らしくない姿に惚《ほ》れられた。

ルイのそんな姿に惚れたダルトンにとっても、そんな独立志向を持ちながら結局こうして政略結婚の場に戻ってきてしまったルイにとっても、歪《いびつ》な関係だった。

レミルのループ、その前の周回まではダルトンは結局ルイをものにできていないのだから、これはルイの今回のやり方がまずかったと言えるだろう。

「……もう一度……」

「ん？」

「もう一度、私が魔法使いとして大成できることを示す機会があれば……」

「まだそんな夢を見ているのか……。忘れろ。確かにお前には魔法の才能があったが、その才能は、今回の幸運を超えるほどのものではないのだから」

父、ルートスは至極一般的な価値観の持ち主なのだ。

辺境伯の跡継ぎに嫁ぐことと、魔法使いでの大成。

後者に進むためには、賢者としてSランク冒険者の実績を手にするくらいのことが必要だ。

すでに一度王都のコロシアムという最も目立つ場所で大失態を演じたルイに、そういった輝かしい未来はもう、残されていない。

それでも、とルイは一人考える。


——もしレミルがまた、目の前に現れれば、と。

汚名をそそぐ機会があれば、自分はまだやれると。
なまじ実力があるだけに、そしてどうしてもダルトンを生理的に受け付けられないために、
そんな思いが日に日に大きくなっていくのだった。

カイン男爵家五女、アマン。

彼女はもう、冒険者でも貴族でもない、一兵卒としてカイン家の騎士団に加わっていた。

幹部候補生でもない。

ただ上の命令に従って動く、駒に成り下がっていた。

「くっ……」

アマンにとってはこれは罰だった。

あの日、コロシアムで受けた屈辱。その失態。

あの日以来、アマンは自分を責め、眠れない日々を過ごしてきていた。

そんな折、実家から連絡が入る。

「要職のポストなどは用意できないが、働き口だけはある」

と。

彼女は男爵家五女。男爵令嬢とはいえ嫁ぐ先が限られる上、アマンはあまり男が好むタイプではない。

顔立ちは整っているが、自分より強い女をそばに置きたがる貴族は、かなり珍しい。

結局嫁ぎ先も、領地の要職のポストもなく、こうしてその場しのぎの職に就いた。そう、アマンは考えている。

それは自分にとっての罰であり、その罰を受けている間だけは、アマンは心を満たせていた。

ある意味、彼女なりの幸せな生活ではあった。

だが……。

「父上……戦争というのは……」

「うむ……近く、キーエス卿から正式な打診があるだろう。王国に潜む脅威を取り除くため、軍を動かすと。そのとき我が家の騎士団も当然、参加する」

カイン男爵家はキーエス辺境伯領と隣接し、事実上従属関係にある。

小規模な貴族たちは大規模な貴族の庇護《ひご》下に入ることで身を守る。

防衛の面だけではなく、災害時など緊急事態の際に、国の対応を待っていると領民が死ぬからだ。

そのため、近くの大貴族と交流を持ち、いざというときのフォローを頼み、代わりにこういった有事の際には兵や人を動員するのだ。

「その……内戦の相手というのは……」

「ふむ……お主が手ひどくやられた……あの男、だの」

アマンの心が黒く濁る。

あの日、完膚なきまでにやられた記憶が蘇《よみがえ》る。

それでもアマンは、レミルを見下し続けていた。

それはひとえに、自分の家の格が高かったからだ。

騎士爵でしかない家のレミルと比べれば、自分は優れた生まれであると信じていた。

だというのに……。

「伯爵領、ですよね？」

「領地を開拓し続けておる。もはや大貴族の一角であろうな」

アマンのプライドをかきむしるその言葉に、こぶしをぎゅっと握る。

「あの男が……伯爵……」

「うぅむ。とはいえ辺境伯様が直々に動かれる。もはや未来は決まっておる」

「それはそうですが……」

アマンは誓う。

必ずレミルに復讐《ふくしゅう》すると。

それだけが彼女のプライドを取り戻す、唯一の拠り所になっていた。

⚜

「壮観ですなぁ」

キーエス家を長年支える老将が、集まった軍勢を見てそう語りかける。

隣にいるのは本陣を指揮するキーエスと、息子ダルトンだった。

「父上！　僕の婚約者が戦場に出ると聞きました！　反対です！　僕の可愛いルイが傷つけられたらどうするんですか！」

ダルトンは従軍しているが、自由は与えられていない。

メルフェスから何度も釘《くぎ》を刺されたキーエスは、ダルトンを自分のそばに置くことでなんとかコントロールしようと考えたわけだ。

とはいえ、そのせいでかなりバカ息子へエネルギーを割く必要が出てきており、今もどこから説明したら良いか頭を悩ませていた。

「急報です！」

「おお、ご苦労」

そんなキーエスの悩みを見抜いたかのようなタイミングで一人の兵士が本陣へと駆け込んでくる。

ダルトンは納得していない様子だったが、キーエスはこれ幸いと話題を切り替えた。

「して、何があった」

「はっ。先行した兵、五千は、すでに敵領内に侵入し戦闘を開始。敵に準備はなく、村をまるごと捕虜とするような形で進軍を進めております」

「ほう……」

内戦。

国民の血を極力流さぬようにシステム化された戦争は、基本的に敵を殺すことはしない。

民間人であれ、兵であれ、捕虜にして後々相手から身代金を巻き上げるのが基本的な戦い方だ。

とはいえいきなり内戦の準備がない相手に攻め込んで、民間人を捕虜にというのはいささか礼儀作法に欠けた話だが、辺境伯家にとってみれば理由などどうでもよく、結果が大切だった。

敵本陣まで迅速に落としてしまえば、多少の無茶は王家の手が入るより先に抹消できるのだ。

そのために五万に上る大軍勢を用意し、こうしてスピード勝負を仕掛けたわけだから。

急報を伝えた兵士の報告は、これだけでは終わらなかった。

「奇妙な報告があり、どの村でもなぜか村を守るようにゴブリンたちとの戦闘になったと報告が上がっております」

「ふむ……？」

キーエスの頭にはメルフェスの言葉が残っている。

魔族の大発生と、それを操る領主。

キーエスの頭にはテイマーという言葉はない。これについてはキーエスが常識的な発想をしているると言える。普通のテイマーは数体の魔物を使役する程度で、万に及ぶ軍勢を率いたテイマーというのは、歴史上存在しない。

いや、厳密に言えば、それはもうテイマーとして認識されないのだ。

キーエスの頭の中では、レミルはメルフェスと同じような研究者の姿が思い描かれている。

「して、ゴブリンの相手は滞りなく……？」

「はっ。精鋭部隊ですしゴブリン程度では話にならぬかと」

兵士が言う通り、今回キーエス家が誇る五人のエースクラスは全て、先遣隊として動いている。

従属する領地からも一人か二人はエースクラスが現れるため、五万の軍の中には十人を超えるエースが存在する。

質はまちまちだが、目を引く存在は四属性の使い手である賢者候補、ルイをはじめ、Sランク相当のポテンシャルを持つ存在も三人程度はいる。

また、エースクラスとは認識されていないものの、それに匹敵する力を持つアマンをはじめ、国内最強軍団の名に恥じぬ戦力が揃っていた。

「そうか。それは何より」

大した報告ではない。

そうキーエスが判断するのは無理のないことだっただろう。

五千の兵が先に敵地へ乗り込み、たまたまゴブリンたちとの戦闘が発生したが、滞りなく領民を捕虜とすることに成功したという、ただそれだけの、数を考えれば当たり前でしかない報告。

だがこの油断が、この内戦の結末を決定づける引き金となったのだった。

緊急事態

「大変にゃ……ごめんなさいにゃ……」

それは領主の館の寝室で、そろそろ眠ろうかとのんびりとし始めたときのことだった。

「キャトラ……どうしたんだ？」

泥だらけになったキャトラが窓から飛び込んできて慌てて受け止める。

自由行動も増え、この時間にふらっと帰ってくることは普段から多いんだが、今日は様子がおかしい。

こんなに汚れて帰ってくることはないし、何より……。

「ごめんなさいにゃ……ゴブリンたちが……！」

泣き始めてしまい要領を得ないキャトラを抱きしめて落ち着かせる。

胸元に顔をうずめてくるキャトラだったが、そう時間をかけずに身体を離し、改めてこう言った。

「ゴブリンたちが襲われたにゃ……半分も無事じゃないかもにゃ……」

「襲われた!?」

「突然大軍で人間が押し寄せてきて、よくわからないままゴブリンたちが死んでいったって……さっき報告が来たにゃ……」

死んだ……？

ついこの前、会って話してきたばかりのゴブリンたちが……？

「ごめんなさいにゃ……」

「キャトラが悪いわけないだろ」

むしろこれは俺の……いや、それよりまず、やることがある。

「クロエさん」

「はっ」

呼べばすぐ現れるクロエさんの存在はこういうときこそありがたいな……。

寝室なので中ではなく扉の向こうにすぐにやってきてくれた。

「シエルをここに呼んで欲しい。そのあとで、ライとトロンに伝達を。状況を伝えて現場に先に向かってもらってくれ」

「かしこまりました」

音もなくクロエさんの気配が消える。

キャトラを落ち着かせながら俺も徐々に情報を引き出していく。

聞けば、襲われたのは西の国境沿いにある村々。すでに面展開で複数の村が襲撃されたという。

人間の軍勢……今これが出来る力と、理由があるのはおそらく……。

「キーエス……」

「レミル！」

考え込んでいると扉が勢い良く開け放たれてシエルがやってきた。

「シエル……今回の件、十中八九キーエス家が噛《か》んでると思ってる」

「ええ、それはそう──あんた、なんか雰囲気が違うわね？」

シエルが言葉を切ってまで確認してくるほど、俺は余裕がなかったようだ。

だがまぁそれも、仕方ないだろう。

先日話した友人であり、領民であり、家族である仲間を殺されたと聞いて、冷静でいられるわけがなかった。

「一個だけ確認したい」

「……何よ」

「俺が辺境伯を潰したら、王家としてどうする？」

「あんた……」

相手にとって見れば、内戦の道中の魔族退治だったかもしれない。

だがこちらは紛れもなく、領民を殺されたのだ。

「止められてもやる。だから、結果だけ聞いておきたい」

「……」

黙り込むシエル。

しばらく俺をその青緑に輝く眼で見つめる。

こちらも視線をそらさず、まっすぐシエルの目を見つめ続けた。

俺はもうこれで、国を追われても良い覚悟だった。

そして……。

「私がなんとかするわ。好きにしなさい」

シエルには全部伝わっているのだろう。

俺は直接仲間に手を出した人間と、その裏にいるキーエスを許しはしない。

だが無駄に被害を広げるようなつもりはない。それが伝わったからこそのシエルの発言だったと思う。

「ありがとう」

「それで、具体的にどうするわけ?」

「エリスが潜入させてた子がいるはずだし、そこから内部情報を聞いた上でだけど、襲われた村のほうにはライとトロンをもう向かわせている」

何人か忍ばせていたのだから、事前に動きは察知できるかと思っていたんだが……おそらくこれは神の手も加わっているだろう。

だとしたらエリス配下のスライムたちも、もうすでに何体かやられていてもおかしくはない……か。

悔やんでいても仕方ない。

とにかく今は、やれることをやっていくしかないだろう。

「朝にはエリスから情報が入るはずだから、それを待って俺も出る。俺は敵の本陣にまっすぐ進む」

「相手は国内最強の軍よ？」

「だとしても、これが一番被害が少ないだろ？」

「……そうね。自信はないくせに思い切りはいいわよね、あんた」

笑いながらシエルが言う。

当然相手は強い。

だがどうしても、俺はキーエスのところにたどり着く必要がある。

だからこそ、ちょっと情けなく思えるが、俺は今取れる最善の手段を実行する。

「俺を強くしてくれるか？　シエル」

「わかってるわよ」

万に一つも相手に勝ちを譲るわけにいかないのだ。

万全を期する。

そのための最善は、誰がどう考えてもシエルの【鑑定】だ。

「あんたはここ最近一気に経験値を稼いできたけど、まだスキル取得に消費してはいなかったし、ループの分も残ってる。とはいえ、一度に強くなるのはかなり大変よ？」

「覚悟の上だ」

「そう……ならやりましょう」

朝までの時間は短い。

二人で夜を徹して、新たなスキルの取得にはげむことになった。

シエルとスキル取得するときは、そのスキルのコツを身体で覚えるようにシエルに指導されながら繰り返すのが普通だ。

中級剣術を数回の素振りで覚えたり、武装解除を実演で覚えたり。

だが今回はそんな甘いものではなかった。

「今からスキルを三つ、創るわ」

「創る……？」

「ええ。最上位と呼ばれる高威力の魔法やらスキルを教えても良いんだけど、それじゃあはっきり言って今のあんたと変わらないのよ」

「最上位のスキルで変わらない……？」

「あんたのステータスはもうそれだけ化け物じみてきてるの。だから覚えるなら、オリジナルのスキルを取得したほうがいい」

「オリジナル――っ！」

歴史に名を残した人物は、そのスキルに自らの名を冠することがある。

強力かつ、唯一無比のスキルをもとに活躍を見せた英雄たち。

彼らに並び立つというプレッシャーを感じたが、今はそれ以上にやらなければという思いが強かった。

「ちょうどよかったわ。あんたにはいつか覚えさせたいと思っていたけど、今まではやる気が足りなさすぎた」

「やる気で変わるのか……」

「そうよ。まぁ仕方ないことだけど。オリジナルスキルの取得なんて、生命を懸けるほど切羽詰まった状況でもなければやらないものよ」

「そんなにきついのか?」

「きつい、というより、魂が拒絶するのよ。人智を超えた力を持つことに」

「そこまで……」

「いずれ神に挑むあんたには、そのうち必要だったスキル。予《あらかじ》め考えておいた私に感謝しなさい」

シエルが笑う。

そしてその笑顔からは考えられぬほどのスパルタな指導を経て、何とか目的のスキルを取得した。

手に入れたスキルは三つ。

【竜王の覇気】。

【獣王の咆哮】。

【盟主の逆鱗《げきりん》】。

どれも一般化されていないオリジナルスキル。

汎用スキルのうち、最上位の効果を持つものを今の俺が出来る範囲でアレンジしたものだ。

【覇気】は敵の士気を一度に下げるスキルであり、戦争時に大きな効果を発揮する。

伝説の神獣、ククルカンの権能を引き出したことで、従来の最上位の【覇気】を超えたプレッシャーを与えられるようになった。

【咆哮】はブレスだ。人間が扱うスキルではないんだが、ベヒーモスであるキャトラと協力することで俺は、自分が扱う魔法属性であればブレスとして口からでも手からでも魔法を放てるようになった。

つまり全属性の攻撃が可能ということになる。【咆哮】は最上級魔法と同等、その中でも、神獣ベヒーモスの権能により更に強力な魔法が使用可能になったわけだ。

【逆鱗】。これは怒りを力に変える、今回のためにあるようなスキル。

盟主、と銘打ったことにより、味方の感情も乗せた自己強化を可能とするスキルだった。

なんとか夜明けまでに、まっすぐに敵の本陣へと進む準備が整った。

エリスを待ち、敵本陣の場所がわかれば、あとはククルに乗って進むだけ。

速攻で片付ける。

それがこれ以上被害を出さないために出来る、最善の策だろう。

ごたごた

キーエス辺境伯の誇る連合軍は、緒戦を勝利で飾り、前線まで緊張感なくその勝利に酔いしれていた。

だがそんな折、本陣では慌ただしい事件が起きようとしていた。

「父上！　僕もゴブリンくらいなら倒せる！　倒したい！　良いところを見せたい！」

騒ぐダルトン。

総大将キーエスが、息子のわがままに頭を悩ませていた。

「だがな……」

「僕だって出来る……！　強い兵を借りて、そいつらがちゃんと活躍すれば……ルイちゃんだって……！」

ダルトンの頭に自分が戦闘するビジョンなどない。

領主の息子として、それが当然として育ってきたので仕方ないといえば仕方ないのだが、それにしてもあまりに堂々と情けない姿を見せられ続けているキーエスは頭を抱えていた。

この息子を今後どう扱えばいいか。そちらに思考が傾いていたキーエスは、ダルトンが何を考えているのかまで気が回らない。

だから、この行動を止めるのに一手出遅れてしまったのだ。

「そうだ！　ルイちゃんと行けばいいんだ！」

「は？」

「父上！　僕がルイちゃんを守るし、それにルイちゃんは強いから、一緒にいればすっごく活躍してくれるだろうし！　あっちの陣にいるんでしょう!?　いってまいります！」

「ま、待て！」

キーエスの制止も虚《むな》しく、ダルトンは意気揚々と腹の肉を揺らしながらルイのもとへと駆け出していった。


「絶対イヤ……」

ルイはルートス家が作った仮設陣営の中で一人つぶやいていた。

「絶対に……何があっても……あの男とくっつくことはない……」

何度も、何度も確認する。

その身体が震えている理由は、ダルトンに対する嫌悪ではなく……。

「この内戦で、活躍して、もう一度冒険者になるか……」

ルイは元来賢いのだ。

この歳《とし》で四属性を使いこなすというのは、稀代《きだい》の天才であると言える。

だからこそ、自分の置かれた状況をよくわかっている。

「もしだめなら……ここで……死ぬ」

訓練校時代から愛用しているナイフを手に、そう口に出す。

内戦は前線でゴブリンとの小競り合いがあったものの圧勝。

そもそも五万の軍勢で押しかければ、どんな領地もあっという間に落ちるだろう。

そこに華々しい活躍を見せられる場など、用意されることはない。

だから……。

「死ぬしか……ない……」

悲壮な決意を固めるルイのもとに、最悪のタイミングで、最悪の来客が訪れる。

「ルイ様。お客様がお見えです」

「客……？　こんなところに誰が……」

アマンか、とも思った。

コロシアムの一件以降連絡も取れていないが、この内戦に参戦していることだけはわかっている。

死ぬ前に会うには良いだろうと、来客がやってくるのを受け入れたルイ。

だが、現れたのは死ぬ前に最も見たくない顔だった。

「ルイちゃーん！　僕が来たからにはもう安心だよ。ルイちゃんの可愛い顔には傷一つつけさせないからね！　僕すごく強い兵を選んで連れてきてるし、期待しててよ！　あーでもルイちゃんも活躍してくれていいからね。僕が後ろにいるから安心して――」

ダルトンはルイがどんな思いでそこに座っていたかもわかっていなかった。

それは仕方がないだろう。

だがそれでも、自分という存在がルイにとってどのようなものであるかは、もう少し考えておいたほうが良かった。

自らの死を覚悟したルイは、すでに誰かの生命を奪うことにも、ためらいがなくなっていたのだ。

「え……？」

「あ……」

手にはナイフ。

目の前には世界で最も嫌いな男。

あらゆる感情がごちゃまぜになって、ルイの頭は一瞬真っ白になっていた。

意識を取り戻したときにはもう、愛用のナイフがダルトンの腹部に突き刺さっていた。

「ぎゃぁぁあぁあああああああ」

「何があったのです……ダルトン様⁉」

外に待機していたダルトンの近衛兵《このえへい》が駆け込んできて、そこからルイの記憶はおぼろげになっていった。


「なっ⁉　ダルトンが重傷……⁉　一体何が……！」

キーエス辺境伯のもとに情報が伝えられたのは夜もかなり遅い時間だった。

圧勝ムードだったはずだ。

いかに力がない男とはいえ、周囲の屈強な兵を思えばどこで戦闘になろうとも、そう簡単に重傷になるというのは想像し難い。

だがキーエスは、次の報告を聞いて変に納得をすることになる。

「どうやらルートス家の許嫁《いいなずけ》が……」

「なるほど……」

内戦では稀だが、将校の死因は実は後ろから味方に撃たれて、というものが多い。

相手が婚約者であるルイでなくとも、いずれそういった事態に陥る可能性があることは、キーエスも十分理解していた。

「して、ダルトンの容体は？」

「意識はありますが戦線復帰は難しいかと……」

「……そうか」

その言葉を聞いたキーエスは、自分で自分の感情がわからなくなっていた。

彼の中に一定の割合で、この事故で息子が死んだなら、色々と踏ん切りがついたであろうという、そんな黒い感情が渦巻いていたから……。

だが結果的には、この内戦中おとなしくしてくれる上、一命は取り留めたというキーエスにとっては最良の状況になった。

それ故キーエスのルイに対する対応も非常にゆるいものになる。

「ルートス子爵とルイを呼び出せ。これからのことを話さねばならぬ」

本来であれば次期辺境伯を刺したなど、一族の首をもって償うべき事態だが、キーエスはこれを許すつもりで二人を呼び出した。


深夜、もう夜もふけた頃、縄で後ろ手にしばられたルイと、それを引き連れたルートスが本陣にやってくる。

「来たか」

わなわなと震えて頭を垂れるルートス子爵。

それはそうだろう。この場ですぐに首をはねられてもおかしくない。

いやむしろそれで済むならマシなほうだ。死より重い罰など、この世にはいくらでもあるのだから。

だがキーエスの言葉はルートスにとって予想し得ないものだった。

「ご苦労。縄を解いてやれ」

「……よ、良いのですか？」

恐る恐る顔を上げたルートス。

すでに周囲に控えていた兵がルイの縄を解いていた。縄は特殊な魔道具であり、ルイの魔法を防ぐものだった。

これを解くのは罪人に剣を持たせるのと同じ。

予想と違う展開に戸惑うルートスだが、ルイは未《いま》だ心ここにあらずといった様子だった。

「ふむ……とんでもないことにはなったが、あれは事故だ。そうであろう？　ルイよ」

「え……」

ルイの目の焦点が合ってくる。

思いがけぬ言葉に戸惑ったが、父の必死な表情を見て答えるべき言葉を見つけ出した。

「はい……この度は……」

「良い。事故では仕方あるまい。むしろ婚約者とはいえ、このような時間にまだ婚礼が済んでいない相手のもとに押しかけた息子にも非があろう。命に別状はないのだ。そう気にせずとも良い」

この言葉には少なからず周囲の兵たちも動揺したが、キーエスに近い者たちは違和感なくこの決定を受け入れた。

これまでのダルトンの態度を見ていれば、そしてこの内戦という有事においてエースクラスの筆頭であるルイの存在価値を思えば、このくらいの恩赦はやってのけると、そう納得していたのだ。

「とはいえ我が軍は将校を一人失ったことになる。そこでだが……」

ダルトンに将校としての仕事など期待していなかったのは明らかだが、それを口に出す人間はこの場にはいない。

キーエスが続ける。

「ルイよ。千人からなる軍を編成し、そなたに授ける。此度《こたび》の事故の失態を取り返すべく、獅《し》子奮迅《ふんじん》の活躍を期待する」

「なっ!?」

一族ごと殺されても不思議ではないことをしでかしたルイを許すばかりか、逆にルイを将として昇格させたのだ。

自らの死を覚悟していたルートス子爵はついに声を上げてしまう。

「決定に不服が？」

「いえ……滅相もございません」

キーエスの寛大な対応に心を打たれたルートス子爵。

ルイはようやく、この状況を理解し始めていた。

たった一人ではなし得ない活躍の道筋が、千人の兵を預かることで拓《ひら》けた気がしたのだ。

今回の戦いで、敵の総大将であるレミルを倒せば、政略結婚の駒ではなく、戦力としてのルイの価値が認められる可能性もある。

当然そのためには普通に勝っても仕方ない。派手に、目立って、完膚なきまでにレミルを、そしてその背後のエースクラスを倒していく必要があると、ルイは考える。

一度負けた相手だというのに、この条件付きの勝負にルイは、驚くほどに自信を持っていた。

自らの死を覚悟していたルイだが、思いがけぬ事態の好転に再び元来の性質である強気な性格を取り戻しつつあった。

未だ彼女にとってレミルは、自分の下に位置する存在に過ぎないようだった。

⚜次元の違い⚜

「きゅー」

「なんかククル、また一回り大きくなったな」

「夜の特訓のおかげにゃ！」

ククルの上には俺とシエルに加え、人型のキャトラも乗れるほど大きくなっていた。

もう誰がどう見ても立派な竜。

だがククルカンとしてはまだ幼竜、という状況だ。

「あんたがスキルを覚えるときに、この子たちにも強くなってもらう必要があったから」

「なるほど」

【竜王の覇気】はククル、【獣王の咆哮】はキャトラから、それぞれ力を借りる形で取得したスキルだ。

その関係で強くなったんだろう。

「オリジナルスキルを三つも覚えたあんた自身も、もう誰がどう見ても化け物ってステータスになってるわ。それが配下に反映されたのもあるでしょうね」

「【使い魔強化】か。これ、毎回思うんだけど割と無限ループになるよな？」

配下が強くなれば、【能力吸収】で俺も強くなる。俺が強くなれば、【使い魔強化】で配下が強くなる。

どこまでも強くなり続けるように感じたが、シエルが正解を教えてくれた。

「二周目以降、副次的な効果で得られるものについては反映に時間がかかるのよ。それに効果も著しく落ちるから、どこかでゼロに収束しているわね」

「あー……」

「とはいえ普通に考えたら反則的な強さであることは間違いないわよ」

それはそうだろう。

テイマーというのが注目されなかったのが不思議なくらいだが、まぁ最近自分の感覚がおかしくなっているだけで普通のテイマーは自分より強い相手を使役できないからあまり恩恵がないんだ。

自分と同等はおろか、自分よりも遥かに弱いものを、便利屋として使い魔にすることがほとんどだからな。

「あんたはテイマーとは別の何かよ、もう」

心を読んだかのようにシエルがそう言ってくる。

笑いながらこうも続けた。

「神様までテイムしようって言うんだし、やっぱりあんたは魔王かなんかを名乗ったほうがいいんじゃないかしら」

「王女様が時間をかけて育てた相手が魔王って、笑えないだろ」

「そのときは笑い飛ばすわよ。別にいいじゃない、魔王の伯爵がいたって」

どんな状況だと思ったが、このまま進むと見られ方としてはそうなるのか……。

まあそんな冗談はさておき……。

「見えてきたな」

襲撃に遭ったという辺境の村の一つ。

「もう終わってるみたいね」

「トロンとライが行ってたからな」

聞いていた話だとゴブリンたちを襲撃後、人間には手を出さず村をまるごと捕虜として、村の周囲を軍で囲んでいたらしい。

だがすでに、敵陣営は半壊。何人かの捕虜を逆に捕縛していたライが俺の到着を待っていた。

「流石だな」

「指示に従い基本的には生かしておりますが、一部は……」

「良い、許す」

内戦としてはまずいだろうが、今回はすでにこちらの仲間を殺されている。

もういつものシステム化された内戦とは違う、これはれっきとした戦争だ。

「他の村々もトロンと連携し全てを制圧しております」

「流石だな」

あとは俺が、エリスから聞いている敵本陣に向かうわけだが……。

「現在トロンが捕虜を一箇所に集めておりますので、整い次第最低限の者をつけて我々も動きます」

「ああ、よろしく頼む」

「ご無理はなさらず」

ライとトロンに頼んだ仕事は二つだ。

一つ目はこうして襲われた村を取り返し、被害状況を整理、復興させること。

そしてもう一つが、軍を編成して俺を追いかけることだ。

一点突破で本陣を落とす俺の動きは、戦争ということを考えると成功したあともリスクが伴うのだ。

破れかぶれになってまた村を襲撃されるのも困るし、流石に五万の兵に囲まれ続けたまま永遠に相手をするのは得策ではない。

うちが集められる兵力はおよそ一万五千ほどだが、それでも見える位置にいてくれれば、相手も最低限の秩序が保たれる。

防衛ライン兼牽制《けんせい》役として、トロンとライには動いてもらう。

エリスには忍び込ませていた配下の動きをまとめることを頼みつつ、神の動きを警戒してもらっていた。

今回の行軍には帯同していないようで、まだキーエス辺境伯領の研究施設にいることは把握しているが、これまでを考えればいつどこで動くかわからない。

動きがあればすぐにエリスから連絡が入るようになっている。

「じゃあ、行くか」

「敵はこの森を抜けた先に固まっているようです」

「そうみたいだな」

先遣部隊として村を襲ったのは五千人。千人の部隊が五つだった。

残りはおよそ四万五千。これが全てこの奥の平地に陣を構えている。

出発しようとしたところで、捕縛されていた敵方の一人、大柄な男がつばを吐きかけてくる。

もはやその程度の動きなら目をつむっていても避けられるんだが、今回はそばにライがいたおかげで避ける必要もなく、魔力波だけで消失させていた。

「貴様……」

「へっ。こんな化け物どもの大将がどんな面かと思ってたが大したことなさそうで良かったぜ」

まぁライたちの相手をしたあとならその感想は理解できるが……。

「ライ、こいつ強かったか？」

「いえ。ですが他の人間よりは多少は」

「なるほど」

身なりを見ても将校、エースクラスだったことがうかがえる。

男はこう続けた。

「向こうにいるのはみんな改造を受けたやつらなんだ。てめぇらごときじゃ手も足も出ねぇよ！」

「改造……か」

エリスからも情報は入ってきているし、前回マーガスとやりあったときのことを思えば今回もと思っていたが……。

「みんなと言ったか？」

「はっ……耐えきれたやつらが何人いるかは知らねえがな」

前回の戦争、狂化兵と呼んだドーピング兵士たちがまたいるとなると、普通は苦戦しそうなものだが……。

「あの程度じゃ今回は影響ないだろ」

「そうね」

「は？　てめぇら何ホラ吹いてやがる。そんなひょろひょろで人数もいねぇお前らに勝ち目なんか……」

「試してみるか」

「え……？」

少数精鋭どころか、俺とキャトラとククルだけで突っ込むことを想定している以上、兵が多少強化されたくらいで何か変わるというわけではない。

だがまぁ、ちょうどよく練習台があるんだ。

少しくらい試してもいいだろう。

「【竜王の覇気】」

「なっ……ぁ………」

「死ぬわよ、そのままじゃ」

「あ……」

シエルの言葉を受けてスキルを解除した。

「かはっ……はぁ……はぁ……」

苦しそうに呼吸を荒くする男を尻目に、シエルが淡々と説明する。

「本来万単位の相手に使うスキルよ？　加減してるとはいえ範囲を絞れば十分殺傷能力のあるスキルになるわ」

「気をつけないとだな」

ようやく呼吸が整った男だったが、もはや何も言わず黙り込むことしか出来なくなっていた。


「急報です！　急報！」

「なんだ……」

キーエスの構える本陣には朝から慌ただしく伝令が飛び込んできていた。

「先行部隊、五千、壊滅です」

「は……？」

思わず口に運ぼうとしていた飲み物を落としたキーエス辺境伯。

慌てるのも無理はない。

前日の報告では村人を捕虜にして待機しているという話だったのだ。

「敵は一体何をしたというのだ」

「それが……戻ってきた兵士の言葉が要領を得ず……山一つあるほど巨大な化け物に襲われた、と……」

真相は仲間の死に怒り狂ったトロンがキングトロールのサイズで襲いかかったことによる報告なので、間違いではないのだが、当然現場を見ていない人間からすれば気が狂ったと思われるような内容だ。

しかも不幸なことに、逃げ帰れた兵士の数が少なすぎて、誰も彼も錯乱状態だったために、本陣への報告までこうして要領を得ない伝達になってしまっている。

「山一つなど……だが魔物を操るという敵の領主の新兵器か……？」

「だとしても、いくらなんでも荒唐無稽過ぎます。幻覚魔法の類と見たほうがまだ……」

本陣に控えていた人間たちがそれぞれ推測を語り合う。

キーエスは静かにそれらの意見を聞き入れ……。

「全軍に通達。捕虜となった者たちを救出する」

「おお」

「ではいよいよ……」

この場にいる人間たちからすれば、これから始まるのはいい見世物でしかない。

領主に任命されて日の浅い人間が治めるまだまだ未熟な土地へ、数の暴力で攻め込んでいくだけのショーのような感覚だ。

先行部隊の壊滅も何かの事故程度にしか捉えておらず、まだまだ兵数で勝ることに安心しきっている。

だがキーエスだけは、言いしれぬ不安を胸に、真剣に戦闘準備を進めていた。

キーエス自身、覚悟を決め今回の敵を強敵と認め、真っ向からぶつかり合おうと、そう決意したその矢先だった。

「なっ⁉」

「これは……」

「何がっ⁉」

本陣が急にパニックに陥る。

いや、本陣だけではない。

四万五千の兵、その全てに、同様の現象が起きていた。

なぜか突然空気が重くなり、動けないばかりか呼吸すら苦しくなっていくような、そんなプレッシャーを感じたのだ。

そしてそのプレッシャーを放つ本人は、動けなくなった兵たちの間を悠々と前進してくる。

上空にはドラゴン。

そして彼を乗せて歩くのは、立派な体軀《たいく》を持つ猫型の魔物だった。

人はその姿を、神話の絵本で見たことがあった。

「ベヒーモス……!?」

「上にいるのはククルカンだぞ！」

「どうなってんだ!?」

「それよりなんで俺たち、動けないいんだ……！」

ゆっくりと、一歩ずつ歩みを進めるベヒーモスと、その上に座る王、レミル。

圧倒的な存在を前に動けなくなる兵たち。

キーエスは自らの領主としての——王としての自分と、視界の先で悠然と歩みを進める新たな領主との格の違いを、本能で感じ取っていた。

国内最強

「シエルの情報だと特に強い相手がいるというより、一般兵が並の下級エースクラスの活躍をするって話だったよな」

「きゅー！」

敵陣のど真ん中。

ベヒーモスの姿になったキャトラに乗せてもらいながら、俺はゆっくり敵本陣に向けて歩いていく。

【竜王の覇気】は非常に強力で、一定以上の実力を持つ相手以外はこうして身動きすら取ることが出来なくなるようだった。

おかげで一人ひとりが強い、というキーエス辺境伯が誇る国内最強の兵たちは、その機能を完全に失っている。

「でも、何人か動けそうなのもいるから気を抜かないようにしないとな」

キャトラを撫でながらも周囲を警戒する。

【探知】のスキルも今や上級スキルクラスになり、この広い戦場でも気をつけるべき敵の居場

・

所はなんとなくわかるようになっている。

実力がありながら動けないのは、軍の指揮官としてその場を離れられないからだろう。

まぁ実際、指揮官が不在になればライやトロンが率いるうちの兵士たちが雪崩れ込んできて敵は崩れる。動かないのは正解だ。

「とはいえ、そろそろか」

まっすぐにこのまま、キーエスのもとにたどり着くとは思っていない。

現れた相手は――。

「ここでお前らが来るのか……」

「いい気になってんじゃないわ。でも、あんたがここまで目立ってくれたのはラッキーだったわね」

「ラッキー、か」

騎乗したルイと……。

「あのときのような油断はもうない。ここで信頼を取り戻す……！」

全身鎧《よろい》だが声だけでわかる――アマンだった。

周囲にはこの状況でも動けた兵を引き連れてきている。いや、ルイかアマン、もしくはその両方が持つオーラのおかげで、【竜王の覇気】の効果は薄れているんだろう。

おかげで周囲の兵たちも動けるようになり、俺は敵陣ど真ん中で大軍に囲まれた形になった。

「ふふ。どうする？　勝ち目がなさそうだけど」

勝ち誇った表情でルイがそう言う。

実際状況を見ればそうなんだろう。

アマンをはじめ、敵兵たちは確かに強い。冒険者をやっていればCランク上位にはいける実力があるし、アマンはポテンシャルならSランク、現状でもBランク上位の実力がある。

Cランクは冒険者として生計を立てられるプロ。一握りの存在だし、Bランクともなるとそれだけで英雄視される。

ルイは魔法の才能はピカイチで、現時点でもAランククラスの実力があるし、兵の後ろから固定砲台とし戦える今の状況はルイの実力をいかんなく発揮できる絶好のポジションと言えた。

だが……。

「【盟主の逆鱗】」

「なっ⁉」

「俺が目立って良かったって話してたけど、俺も二人に会えたのは都合が良かったかもな」

【盟主の逆鱗】は、その怒りによってステータスが大きく向上するスキルだ。

二人相手なら、俺は七回の人生分、怒ることが出来るのだから。

「わけのわからんことを！　お前にだけは、加減もしない！」

アマンが飛び込んでくる。

だが同調する者はいない。アマンしか動けないのだ。

さすがはBランククラス、超人的な動きでキャトラにまたがる俺の高さまで跳躍を見せると、そのままの勢いで剣を振りかざしてくる。

俺も双剣をクロスさせて受け止めたが、アマンの勢いに押されてキャトラの上からは落とされる形になった。

「喰らいなさい！　【メテオフレイル】！」

最上級炎魔法。いや、土属性も混ざった賢者専用魔法。

無数の実体を持った炎の固まりが俺のもとに降り注ぐが……。

「キャトラ」

「グルゥァァアアアアアアアアア」

「えっ!?」

無数に降り注いだルイの最上級魔法は、キャトラのただの咆哮でかき消されていた。

「なんで……」

「うぉおおおおおおお！」

ショックを受けるルイの攻撃と入れ替わるように、アマンが再び飛び込んでくるが……。

「きゅー」

「なっ!?　ぐぁあああああ」

可愛らしい鳴き声とは裏腹に、上空のククルがブレスを見舞ってアマンを撃退した。

まるでルイに見せつけるように、同じ炎と土属性のダブルブレスで。

「ひっ……化け物……」

「ちょ、ちょっと！　逃げるな！　こら！　待ちなさい！」

ルイが引き連れてきた兵士たちはベヒーモスとククルカンという神獣コンビの力を見せつけられ、完全に戦意を喪失して逃亡を図った。

見たところルイは指揮官として兵を任せられていたようだが、即席だったようだし、何より相手が悪いだろう。

俺の後ろに控える二匹は敵にとってみれば相当大きな脅威に映ったはずだ。

「あんたはまたそうやって卑怯《ひきょう》な手で勝つの!?」

「卑怯……？」

「私は負けてない！　私はあんたなんかに……負けない！」

ルイはナイフを持って突進してくる。

いよいよ破れかぶれになっての突進かと思ったが、ナイフにはすでに血痕が見えた。

あれは……。

「誰か殺したのか……？」

「うるさい！　うるさいうるさい！　ここで活躍しないと！　私はもう！　死ぬしかないの！」

当然ながら、いかにルイがAランク相当の実力を持っていたとしても、近接戦闘に優れているわけではない。

今の俺にとってはもう、その行動に何の脅威も感じないんだが、ルイの悲痛な叫びにただならぬものを感じて、避けずに受け止めることを選んだ。

双剣でまっすぐナイフを止める。

だというのにルイは、相変わらず泣きながら、愚直に突進しようと足を動かし続ける。

ルイの足は地面をわずかに掘ることしか出来ず、そのままナイフを落とし、膝から崩れ落ちていった。

「なんなのよ……あんたは……」

そう言って泣き崩れるルイに、返す言葉は持ち合わせていなかった。

触手を使ってアマンとルイを含めた何人かを捕らえる。

「我ながらなんなのかはまぁ……気になるけどな……」

ルイの言葉を思い返しながら本陣を目指す。

キャトラとククルを引き連れ、キーエスの待つ本陣へ。

もう手は尽くしたようで、本陣にたどり着くまでの間に、ルイのように向かってくる敵に出会うことはなかった。

神との再会

戦争はあっけないほどあっさりと終結した。

あのあとキーエス辺境伯のもとにたどり着くと、すでに自分で縄まで用意していたキーエスが白旗を揚げ、内戦は終結。

シエルと合流し、王都から役人を呼び出して戦後処理にあたった。

一方的な攻撃、一方的な領民の虐殺。

特に後者を重く捉えた王家は、キーエス辺境伯の処分とその後を決めるために一度王都でキーエスは捕らえられている。本人も抵抗らしい抵抗は最後まで見せなかったし、何よりあの神も出てこなかったのは気になる。

魔族が領民として認められた背景には、シエルやクロエさんの尽力もあったようだが……。

「で、ようやく、か」

「そうね」

俺とシエルはキーエス辺境伯領にやってきていた。

キーエス不在のこの領地にやってきた理由は当然……。

「研究施設……これ、キーエスの屋敷より大きくないか……？」

「まぁ、そうだとは思っていたけど、もぬけの殻ね」

中には人の気配はない。

だがそんなに撤退に時間はかけられなかったようで、色々と物が置きっぱなしではあった。

中にはきっとあのドーピング剤やらも出てくるだろうし、キーエスの処分には影響するだろう。

俺とシエルが先に来る形になったが、あとから王都の調査団もやってくる手はずだし、そういった分析はそちらに任せるとして……。

「神への手がかり……か」

そうつぶやいた瞬間だった。

「私に何か御用ですか？」

「――っ!?」

「ああ、そう身構えないでください。今回はあなた方の勝ちなのですから」

突然、何もなかった空間にその神は現れた。

「そういえば、この世界での私の呼び方はメルフェスというそうですよ？　以後お見知りおきを」

一人優雅に座って、そう語りかけてくる神――メルフェス。

警戒するなと言うほうが無理な話だ。

戸惑う俺に代わって、シエルがメルフェスへ質問を投げかけた。

「今回キーエスを助けなかったのはなぜかしら？」

「ん――……助ける価値がなくなったから、でしょうか」

あっさり言い切るメルフェス。

やはり価値観が異なっていることを再確認させられる。

「さて、私をお捜しだったようですが、私もあなた方に用があったのです。先に済ませても？」

すっかりメルフェスのペースのままに話が進められる。断ることも出来ず佇《たたず》んでいると、メルフェスが立ち上がってゆっくりとこちらに進んできた。

「ねえ、王女さん。私が大切に育てた駒を預けたというのに、随分のんびりしていますよね？」

「のんびり……？」

「ふふ。あなたはわかっていないでしょう。でも、王女さんは心当たりがあるようですよ？」

シエルのほうを向くと、あからさまにバツの悪そうな顔を浮かべる。

「本来溜め込んだ経験値はもっともっと有意義に使われるべきです。だというのに経験値の消化率は二割程度。少なく見積もっても、あと五倍は強く出来る。そうすれば魔物たちも強化され、より強い恩恵を得られるのに」

二割しか経験値が消化されてないという話はわかるが、シエルにもそれなりの理由があったはず。

一方的なメルフェスはなおも止まらなかった。

「レミル《この方》にはもっと、強くなってもらわなくてはならないのです」

俺の肩に手をかけるメルフェス。

猫の姿のキャトラが足元で威嚇するが、それ以上何も出来ない。

こんな機会はなかなかないだろうし、俺も直接メルフェスに疑問をぶつけることにした。

「俺をループさせて、強くしようとした目的はなんだ？」

「そうですね。私の目的をお話ししましょう。どうやら随分警戒されているようですが、あなた達とそう目的は変わらないはずなのですから」

メルフェスがそう言った途端、俺たちを招き入れる用に円形の机と椅子が現れる。

ご丁寧に紅茶とお茶菓子まで用意されて。

「立ち話もなんですし、どうぞ？　ああ、食べ物に何か仕掛けはありませんよ。王女さんの前では言うまでもないかもしれませんが」

視線を向けられたシエルが鑑定眼を発動する。

「そうね。食べたかったら食べてもいいわよ」

さっきのやり取りがあったからか、ぎこちないながらもいつもの調子でそう言いながらシエルが席に着く。

俺もあとに続いた。

「さて……どこから話しましょうか」

メルフェスが手に顎を乗せながら笑いかけてくる。

「そうですね……まずはこれから見てもらいましょうか」

そうメルフェスが告げた途端、頭の中に映像が流れ込んできた。


世界が燃えていた。

大げさかもしれないが、俺の目の前に広がる景色は、一面の荒野だった。

そこに炎が撒《ま》き散らされている。

人はいない。

いや、僅かに残っていた。

燃え盛る大地に向け、僅かな生き残りは一斉に突撃していく。

その先に見えるのは無数の強大な魔物たちだ。

強力な魔物の大発生によって世界は崩壊し、もはや人類に残された道は、この魔物の大発生の原因、魔王の討伐しかなかった。

「うぉおおおおおおお」

果敢に突進する人間たちだが、もはや武器や防具も十分に用意できておらず、屈強なオーガやワーウルフに薙《な》ぎ払われ、次々に生命を落としていく。

最後の一人が何とか勇気を奮い立たせ突っ込んでいくが……。

「え……？」

——その姿は、鏡で見る俺の姿にそっくりだった。

そして奮闘虚しく、目の前の俺は肉塊へと姿を変えた。

「どうだったかな？」

「どうって……地獄絵図の中、自分が死ぬ姿が見えたけど……」

戸惑う俺はシエルを見つめるが、同じ映像を見たようだった。

そんな俺たちに向けて、メルフェスは思いがけない発言をする。

「そう。今見せたのがあなたの、一周目の記憶です」

「一周目……？」

「まさか……！」

混乱する俺の隣で、シエルが何かに気づいたように立ち上がる。

「そう。レミルさんには覚えていない記憶があります」

「え……？」

「というより、最初は記憶を残してやり直しなんてことは思いつきませんでした。最後まで生き残った彼に、何度もやり直しさせていれば、そのうち望む未来が得られると考えてループさせていたのですが……一向に改善の兆しが見えなかったので」

こともなげに放たれたその言葉に、頭をガツンと殴られたような衝撃を受けていた。

そのおかげだろうか。メルフェスの言葉通り、俺が何度も何度も、数え切れないほどの無限ループを繰り返してきた記憶が、おぼろげながら頭に流れてきた。

「ここのところの七周の変化は目を見張るものがありました。順調に経験値も溜まっていきましたし、八周目はこの経験値を活《い》かす方向で考えましたが……」

そこでメルフェスの視線がシエルのほうへと向く。

「どういうわけか王女さんは出し惜しみをしているようでしたから、そのリミッターを外しに来ました」

「リミッターを外す……？」

「はい。ああ、これまでのように化け物に殺させたりはしませんよ。もうあの程度は大した問題ではないですしね。ただ、もっとペースを上げていただかないと、どの世界線でも十年と経たず魔王が生まれますので」

魔王……。

冗談めかして俺が呼ばれることもあったが、あの映像を見て、本物を体感すると別次元の存在であることがわかる。

全ての魔物、魔族の頂点に立つ存在。

それが人類を滅ぼすと言うなら……。

「シエル……」

なぜシエルがリミッターをかけていたかはなんとなくわかる。

目の前の神を出し抜こうと思えば、ある程度の調整は必要だっただろう。

だが、さっきの映像を見せられれば、俺も早く強くなりたい。そんな思いを込めてシエルを見つめると……。

「はぁ……わかったわ。言う通りにしてくれるかしら」

シエルが立ち上がり、俺のほうへ歩み寄ってくる。

「しっかり集中しなさいよ。何をやるべきか常に考えておくように。経験値があるとはいえあんたのは借り物みたいなものだから、ステータスに反映したときどうなるかわからないわよ」

そう言いながら俺の肩に手をかけるシエル。

「まずは肩の力を抜いて……今回はあんたが強くなることをじっくり思い浮かべるだけ。それで終わりよ」

「強くなることを思い浮かべる、か……」

だけ、というものの、意外と難しい。

これ以上どう強くなるのかと思っていると、シエルが微笑んでこう言った。

「あら、さっきご丁寧に見せてもらったじゃない。何より強い存在を」

「それって……」

頭の中に魔王を思い浮かべた瞬間だった。

「ぐっ!?」

身体中で何かが暴れ出したのを感じる。

そのまま弾《はじ》けてしまいそうな何かを必死に押し止《とど》める。

これは……。

「なっ!?　まさか」

「レミル！　来るわよ！」

「はぁ!?」

俺は魔王を思い浮かべて強くなろうとしただけ。

だというのに、事態は目まぐるしく動いていた。

まず、俺の強化は成功したようで、周りがスローに見えるほどにあらゆる能力が向上したのがわかった。

そしてその次の瞬間には、メルフェスが初めて慌てた様子を見せ、俺のもとに駆け寄ろうと手を伸ばしていた。

その手に込められた殺意を感じ取って、俺はメルフェスから距離を取る。

「そんな馬鹿な……レミル……あなたが魔王だというのですか？」

メルフェスが虚《うつ》ろな目でつぶやく。

今になってようやく、事態に頭が追いついた。

俺は魔王をイメージして経験値を使った。

だからあの魔王と同じような強さを手に入れた――のではない。

メルフェスの言う通り、俺が魔王だったのだ。

「何度も何度も繰り返されたループのせいで、歪んだみたいだな」

あのとき、一周目の記憶として見せられたときの俺は、ある意味では偽物だったのだ。

本来の俺は何周ものループの中で、神を騙《だま》しながら戦い続けてきた。

神がループを繰り返し、俺をどこかへ送り出すたび、俺も世界を滅ぼして追いかけたのだ。

全ては俺が、ループを抜けるため……神を倒すために。

「くっ……生まれたての魔王なら、私にも対処が出来るでしょう」

メルフェスが手を合わせると、周囲に凄《すさ》まじい魔力波が吹き荒れる。

以前までの俺なら全く手が出せないほどの力の奔流だったが、今の俺ならメルフェスの動作は手に取るようにわかるのだ。

「【獣王の咆哮】」

「ぐぁっ!?」

手からブレスを放ち、メルフェスの魔法を止める。

その威力に俺も驚くほどだったが、今は後回しだ。

俺が魔王である以上、メルフェスはどうあっても敵だ。

それにループを抜け出すためには、世界を滅ぼすか、神を倒すしかない。

神をこの世界から取り逃してしまえば、俺はまたこの世界を滅ぼさないといけなくなる。

だから……。

「ここで仕留めさせてもらうぞ」

「こちらのセリフです」

お互い腕に魔力を集中させ、圧縮し、そして——。

「【獣王の咆哮】！」

魔法がぶつかる……はずだった。

だが……。

「いない……？」

「逃げたわね」

シエルが言う。

「逃げた……のか？」

「ええ。見てたけれど、明らかにレミルのほうが魔力が高かったわね」

「だろう……な」

魔王。

言われてみれば随分しっくりくる存在だった。

八周目と思っていたループは、実は無限に続いていたのだ。

「取り逃したか……」

いつもこうだった。

のらりくらりと身を躱されては、次のループで振り出しに戻る……。

「俺は……」

シエルを見て、目的のためにシエルごと世界を滅ぼすことにためらいを覚えていた。

そんな俺に……。

「あいつ、そう遠くには逃げていないわよ」

「……そうなのか？」

「私を誰だと思ってるのかしら？」

青緑色に光ったその眼を見て安心する。

それなら……。

「待ちなさい。すぐに行かなくてもいいじゃない」

「けど……」

「大丈夫。あんたが何に焦ってるかだいたい想像がつくけど、別に心配ないわよ」

「なんでそう……」

「神を名乗っていたあの女は、元はただの人間よ」

「……え？」

シエルの言葉に戸惑う。

だけどあんな力……人間がどうやって手に……？

「あんただって、普通の人間からすればもうおかしな力よ」

「あー……」

「メルフェスの能力は、【光魔法】。それもとんでもないほどの……ね。元は聖女としてもてはやされていたようだけど……随分前の、それこそ神話の世界の住人ね」

「神話……」

聖女といえば確かに、物語で語られる伝説の存在だ。

勇者、剣聖、聖女、賢者……。

これらの称号はかつての英雄たちになぞらえて生まれたもの。

つまりメルフェスは……。

「初代の聖女様ってこと、か？」

「でしょうね」

「ってことはあんなのが他にいる可能性があるのか……？」

剣聖、勇者、賢者にも……。

「さあ、そこまではわからないわね。ただあれは神ではなく、ただの人。神話の存在ならこちらもたくさんいるじゃない」

そう言って笑うシエルを見て、少し心が軽くなった。

「さて、本題だけど……聖女の【光魔法】は、時すら操る異次元の魔法。その時の支配によって、あんたを何周もループさせてたはずよ」

「なるほど……」

「でも、当然強い力は制約も大きいわ。あんたが死ぬことが条件になっていたでしょうし、そこにタイムリミットなんかもあったかもしれないわね」

「だから三年ごとに殺されて……？」

「ええ。そして、逃げる間際のメルフェスが鑑定できた理由だけど、あんたのおかげで弱ってたから、ね」

「弱ってた？」

そんなにがっつり戦った記憶はない、と考えていると、シエルが考えを読んでこう言った。

「ループよ」

「ループ……ああ！」

そうか。いかに聖女とはいえ、魔力は無尽蔵じゃない。

何度も何度もループに魔力を消費していれば……。

「安心しなさい。しばらくあんたをループさせる力も、別の世界に逃げる力も残っていないわ」

「なら……」

「ええ、自由よ。あんたは」

シエルが笑う。

束《つか》の間《ま》かもしれないが、俺は初めて、ループを抜け出した未来へ足を踏み出せるのか……！

「というより、あんたこの七周より前ってどうしてたわけ？」

「あー……なんか記憶がおぼろげなんだよな……」

ただどのタイミングであっても、俺がここから三年以上、人の姿で生き続けたという記憶はなかった。

聖女との追いかけ合いのときにはもう、人間の姿は捨てられていることが多かった。

あれはもう魔王というより、邪神に近いだろう。

ただ、今回その必要がないことはわかる。

それにシエルがいれば、あんなことをしなくても強くなる手段はあるんだ。

「ま、ならあんたは今回、初めてループを抜けるわけね」

「ループを抜ける……」

課題がなくなったわけではない。

だが、俺がずっと、ずっと目指してきた目的はどうやら果たされたらしい。

「つまり、また役立たずね、記憶に関しては」

シエルが笑う。

俺も釣られて笑った。

「そのほうが楽しい、だろ？」

「そうね」

無人だったキーエス辺境伯領の研究施設で、しばらく二人、笑い続けていた。

エピローグ① 自由になって

「そうか……三年目のあれも、もうないのか」

「今さらね」

王城。

俺は再び国王陛下に呼び出され、しばらくシエルとともに王宮での生活を送っていた。

戦後処理に関わる話し合い、という名目だったがなんか嫌な予感がするんだよな。

「時にレミルよ。領地運営、順調なようだの」

「……おかげさまで」

あの内戦から、俺は辺境にも強力な守備隊を送り出し、村と城下町の街道を整備することで、俺が動かずとも防衛が可能なシステム構築を急いだ。

いっそ村から城下町付近にみんな移住してもらうことも考えたが、逆に村を増やすことにしたのだ。

ゴブリンは繁殖も早くどんどん数が増える。

それもあって、村と城下町をつなぐ街道沿いには、いくつもの新規の村を開拓していた。

冒険者ギルドにも声をかけ、複数の支部を作ってもらうことで、冒険者にも移動するメリットを与え、村には冒険者を対象に商売を行えるような準備を整える。

また、各村に伝令係を設置し、有事の際はすぐに四天王以上に伝達が行くような状態にしている。

「実に面白いシステムではあるが、これを真似《まね》るには人材が足りぬ領地が多いであろうな」

「Bランク相当をただの伝令に配置するなんて贅沢《ぜいたく》な使いが方出来るのは、あんただけでしょうね」

王とシエルにそんなことを言われる。

確かに伝令役は足が速い魔獣を配置したし、結果的にそいつらは強いんだけどな……。

「ま、面白くていいじゃない。そのうち王都でもやればいいわ」

「いやいや……」

流石に王都ではちょっとと思っていたが、国王陛下の表情を見るといつかはありそうな気配がある。

「まぁ王都もいずれとは思うが、先に頼みがあっての。聞いてくれるか？」

国王陛下がわざわざ俺にこう言った時点で回答は一つしか許されないんだが、それをわかった上で楽しそうに続けた。

「キーエス辺境伯領地が空くことになってな……」

「え……」

悪い予感は的中。

どうやら俺は、国内屈指の大貴族にさせられてしまうようだった。


「レミル、そなたには公爵として、この国への貢献を期待する」

「ありがたき幸せ……」

玉座の間。

気づけばこうなっていた。

公爵というのは一種の王。

本来は王家のゆかりのものや、他国を属国化した領主に授けるものなんだが……。

「まぁいいじゃないない、魔王なんだし」

「あのなぁ……」

楽しそうに笑うシエルを見て、色々と諦めるのだった。

エピローグ② ⚜ その後の処遇 ⚜

「で、なんで？」

「私が聞きたいわ……」

「いけませんな。主人への口調はしっかり指導したはずですが」

「ひっ……すみません！　失礼いたしました！」

屋敷に戻った俺のもとには、なぜかルイが預けられていたのだ。

それも使用人として、クロエさんにしっかりと指導された上で。

「これが何よりもの罰でしょ」

「くっ……」

メイド服のルイが悔しそうに口元を歪める。

ちなみに実は隣にアマンもいるんだが、こちらはもう心ここにあらずといった様子で、声すら発さなくなっていた。

まぁ、雑用としてこき使う予定だった男にコロシアムで大敗、その後内戦でも大敗を喫し、最終的に逆にメイドにされたというのは確かに、この上ない屈辱だろうな……。

「クロエさんはもちろんだけど、先輩にも歯向かわないほうがいいぞ」

「はぁ？　そんなの言われなく――おっしゃっていただかずとも承知の上です……」

途中でクロエさんが睨みつけたことで口調が変わるルイ。

しばらくこんなやり取りが続くんだろうな……。

その後、まさか先輩がゴブリンとは思わなかった二人が更に苦労するハメになったりと、慌ただしい日々を送っていた。


「さて、キーエス辺境伯の処分だけど、辺境伯としての爵位と領地は取り上げられたけど、王宮で仕事をさせることになったみたいね」

「そうなのか」

「不満かしら？」

「いや……」

一度対峙したからわかるが、キーエス元辺境伯は別に、悪い男ではない。

おそらくメルフェスに利用され、息子ダルトンに翻弄されたことで生まれたのが今回の一件だ。

　それに仲間のゴブリンを殺した先遣部隊も、キーエスの指示ではなく現場の独断だったことがわかっている。これについてはもう、ライとトロン、そしてエリスの三人が処理した話だから、今更蒸し返すつもりもない。

「ただ、ダルトンのほうは気になるな」

「わかるけど……キーエスの処分がこんな状態で、息子のダルトンだけ罰が重いのは形式上だしね。とはいえしばらくは刺された影響でおとなしくしてるんじゃないかしら」

「あー……」

　ルイに刺された傷は生命に別状はないらしいが、それでもナイフが刺さったんだ。大事だろう。

「まぁ、何かしてこようにもあの程度の小物じゃもう、この領地に近づくことすら出来ないわよ」

　シエルの言う通りだろう。

　旧アルカス領と、旧キーエス辺境伯領、そして小さいながら、実家のウィルト領。

　更には今回の件で一部の領地を取り上げられたルイのルートス家やアマンのカイン家などの領地を合わせ、王国の西側に巨大な国が一つ出来たような状況が、今の俺の領地だ。

一応、ウィルト公爵家領地という扱いになるらしい。

王都より大規模なこんな土地を任されたのはまぁ、シエルが一緒にいることの影響が大きいだろう。

王家の中でも特別な力を持つシエルと、もはや王国内に御しきれる人物がいないと言われるようになってしまった俺の組み合わせ。

広い領地を与えることで、その管理で手一杯にさせるという狙いもあるとかないとか……。

なにはともあれ、実際管理で大忙しではあった。

まずはこの広大な領地の中央に俺やシエルの住居となる拠点の建設。

これが城になるらしい。

そして旧アルカス屋敷やキーエスの屋敷には、支部として四天王のライやトロン、エリスを持ち回りで配置。

さらに四天王以外にも有能な使い魔にはどんどん役職を振っていったり、魔族だけでなく人間も仕官してきてくれるので、その度シエルの鑑定で適材適所に配置していくなど、色々と領地運営の土台作りに振り回されてきた。

「で、目下の問題は……」

「この荒くれ者たちをどうにかすること、でしょうね」

ククルに乗って上空から旧キーエス辺境伯領地を見下ろせば、血気盛んな冒険者たちがこちらを見上げてきているのが見える。

国内最強。

ずっとそう呼ばれてきたこの地の人間にはプライドがある。

いきなりよそ者の領主に従う気はないという、意思表示だった。

「久しぶりに良い運動になるんじゃゃない？」

「気楽に言うなぁ……」

中にはAランク冒険者までいるような猛者たちを見下ろして楽しそうに笑うシエル。

まぁ、やるしかないよな……。

⚜

結局荒々しい歓迎を受け止めることで領地内の冒険者や実力者たちに認めてもらうというのが、どうやら俺の次の仕事らしい。

「忙しいわよ、自由ってのは」

「あぁ……そうだな」

まだ完全に脅威が去ったわけではない。

それでも、俺はこの手に入れた自由を、仲間とともに楽しんでいこうと思う。

「ご主人！　次は私も相手して欲しいにゃ！」

「ええ……」

「きゅー！」

「ククルまで……」

使い魔たちにもみくちゃにされながら、これからのことに思いを馳せる。

五年先、十年先のことを考えるなんていつぶりだろうか。

これからもしばらく忙しくなりそうな気配すら、俺には楽しげに感じられていた。

あとがき

どうも。すかいふぁーむです。

二巻いかがだったでしょうか。

私はteffish先生のイラストが届くたびにテンションが上がっていました。

パーティーメンバーとの物語が一区切りつき、ループに隠された真実や黒幕も……と割と色々な要素を盛り込んだ気がします。

ちなみに落ちというかループの裏設定みたいなものは当初、全く何も考えずに書き始めた作品でした。

一巻が出たときに友人に見せていたところ、「この8周って、無限とかけてるの？」と言われたのを受けて思いついた内容です。友人N、ありがとう！（笑）

作中ではベヒーモスを始め様々な種族をテイムさせてきたんですが、我が家にもテイムとまではいってないですがペットが多数います。

中でもボールパイソンという種類のヘビが三十四ほどいるのですが、最近卵が孵化しました。元気な六匹の小蛇が生まれています。赤ちゃんはいつでも可愛いですね。


さらにペットじゃない生き物の繁殖にも立ち会っています。

うちは今リクガメを庭に放しているんですが、その子の様子を見に行くとなんと庭の木に鳥の巣が！　調べてみるとヒヨドリのようで、無事巣立つのを楽しみにしています。

可愛らしいし、縁起もいいらしい。

ヒヨドリは巣を作ってから数日かけて一日一個ずつ卵を産んでいき、数が揃うと温め始めるという性質。今まさに温めていますが、雛が生まれて巣立つまで二週間ほどと、割とあっという間なので、成長をそっと見守ろうと思います。

作中ではテイムした子たちは成長させてばかりでしたが、逆パターンや繁殖ネタも面白いかも？　とか考え始めました（笑）。


さて、最後になりましたが謝辞を。

ｔｅｆｆｉｓｈ先生には今回も素敵なイラストをたくさんいただきありがとうございました。めちゃくちゃ好みの絵柄で毎回興奮していました。

また担当編集山口さんには大変お世話になりました。いつもドンピシャで的確な指摘ありがとうございます。

また、本書に携わってくださいましたすべての方に感謝を。ありがとうございます。

そして何より本書をお手に取って頂いた方々、本当にありがとうございます。

ちなみに本作品はコミカライズも同時展開しておりますので、是非そちらもチェックいただけると嬉しいです！

二〇二一年十月吉日　すかいふぁーむ

『ループ8周目は幸せな人生を』
漫画：夏目りく
コミカライズ1巻
好評発売中!!
PASH UP!
パッシュ アップ
で連載中！
https://pash-up.jp/comic

PB
PASH!ブックス
四度目の正直。
三度負けて、もう戦わないと
約束したけど…
戦う理由が
できたから。
今度は派手に、
祭我、山水と再戦！
好評
発売中
定価:1,320円
（税込）
『地味な剣聖は
それでも最強です⑧』
［著］明石六郎
［イラスト］シソ
URL https://pash-up.jp/
Twitter @pash__up
PASH!ブックス公式サイト
URL https://pashbooks.jp/
Twitter @pashbooks

この本を読んでのご意見・ご感想・ファンレターをお待ちしております。
＜宛先＞　〒104-8357　東京都中央区京橋 3-5-7
（株）主婦と生活社　PASH! 編集部
「すかいふぁーむ」係

※本書は「小説家になろう」（https://syosetu.com）に掲載されていたものを、改稿のうえ書籍化したものです。

PASH!ブックス

ループ８周目は幸せな人生を ～７周分の経験値と第三王女の『鑑定』で覚醒した俺は、相棒のベヒーモスとともに無双する～２

2021年10月11日　1刷発行

著者　すかいふぁーむ
イラスト　teffish
編集人　春名 衛
発行人　倉次辰男
発行所　株式会社主婦と生活社
〒104-8357　東京都中央区京橋 3-5-7
03-3563-5315（編集）
03-3563-5121（販売）
03-3563-5125（生産）
ホームページ　https://www.shufu.co.jp

製版所　株式会社二葉企画
印刷所　大日本印刷株式会社
製本所　下津製本株式会社
編集　山口純平
デザイン　伸童舎

　ISBN978-4-391-15560-0